변변찮은 마술강사와 추상일지
-메모리 레코드-

mory records of bastard magic instructor

7

Memory records of bastard magic
instructor

CONTENTS

제1화 최강 히로인 결정전 ——— 013

제2화 바이바이 사랑하는 딸기 타르트 ——— 059

제3화 비밀스런 밤의 신데렐라 ——— 105

제4화 미래의 나에게 ——— 151

제5화 특무분실의 변변찮은 인간들 ——— 195

후기 ——— 285

변변찮은 마술강사와 추상일지 7

—메모리 레코드—

Memory records of bastard magic instructor

히츠지 타로 지음

미시마 쿠로네 일러스트

최승원 옮김

우리의 장래라…… 후훗. 왠지 상상이 안 가는걸.

루미아 틴젤

Memory records of bastard magic instructor

세리카
아르포네아

알자노 제국 마술학원 교수.
외모는 젊어도 글렌을 길러준
부모이자 마술 스승이기도 한
수수께끼가 많은 여성. 글렌이
엮이면 팔불출이 된다.

리엘
레이포드

제국 궁정 마도사단 특무분실
소속. 루미아의 호위로
마술학원에 편입했지만
어째선지 글렌의 등만 쫓고 있다.

루미아
틴젤

청초하고 마음씨 고운 누구에
게나 사랑받는 인기인. 목숨을
걸고 자신을 구해준 글렌을
일편단심으로 사모하고 있다.
글렌과 시스티나가 싸울 때는
자주 중재 역할을 맡는다.

시스티나
피벨

「강사 킬러」라는 별명을 가진
고지식한 우등생. 글렌의 적당한
태도를 흘려 넘기지 못하고
매번 설교하는 모습은 이미
학원의 명물이 됐을 정도다.

Character

알베르트
프레이저

제국 궁정 마도사단 특무분실
소속. 글렌의 전 동료. 제국에서
손꼽히는 저격수이자. 전투에서
첩보에 이르기까지 수많은
임무를 완수해온 초일류 마도사.

글렌
레이더스

주인공. 알자노 제국 마술학원의
마술을 싫어하는 마술 강사.
만사에 무책임하고 의욕 제로.
마술사로서도 삼류라서 장점은
전혀 없는 셈. 그런 그의 진정한
모습은—?

최강 히로인 결정전

The Strongest Heroine Playoffs

Memory records of bastard magic instructor

행복의 음색을 드높이 노래하는 웨딩 벨.

지금 이 순간, 루미아의 심장은 넘치는 행복감으로 터질 것만 같았다.

"서, 선생님?!"

"훗, 아름다워. 루미아."

하얀색의 화려한 웨딩드레스를 입은 루미아는 어느 교회 예배당의 제단 앞에 서 있었고 그 옆에는 턱시도 차림의 글렌이 있었다.

"설마 이런 날이 오다니…… 정말 꿈만 같아요."

루미아는 무심코 눈물을 글썽였다. 너무 행복해서 머리가 이상해질 것만 같았다.

"꿈이 아니야."

루미아를 바라보는 글렌의 미소는 한없이 부드러웠다.

그리고 수많은 하객이 진심으로 축복해주는 가운데, 결혼식은 엄숙히 진행되었다.

루미아는 글렌과 함께 맹세의 말과 반지를 교환하고…….

마침내 맹세의 키스를 나누는 단계가 되었다.

"사랑해, 루미아."

"선생……님……."

달아오른 얼굴로 넋을 잃은 루미아에게 글렌의 얼굴이 다가왔다.

이제 그녀의 몸과 마음은 전부 글렌의 것. 그리고 자신은 이 상황 전부를 진심으로 받아들이고 있었다.

"……아……."

루미아는 달뜬 얼굴 그대로 살며시 눈을 감았다.

가까워지는 글렌의 손가락이 살결에 살짝 닿을 때마다 심장이 세차게 뛰었다.

"루미아……."

글렌의 얼굴이 천천히 다가오고 둘의 입술이―.

――.

'나도 참, 아침 댓바람부터 대체 무슨 꿈을…….'

알자노 제국 마술학원 2학년 2반 교실.

자신의 책상 위에 엎드린 루미아는 머리에서 수증기를 내뿜으며 달아오른 얼굴을 손으로 가리고 있었다.

"왜 그래? 루미아. 아침부터 왠지 좀 이상하던데……."

"얼굴 빨개. ……감기?"

양 옆자리에 앉은 시스티나와 리엘은 그런 루미아를 걱정스러운 얼굴로 쳐다봤지만 당사자는 거기에 신경 쓸 여유가 없었다.

'만약 그때 시스티가 깨우지 않았다면…… 나랑 선생님은

꿈속에서…… 역시 끝까지? 우와…… 우와…….'

생각하면 할수록 얼굴에서 불이 날 것만 같았다.

자신의 경박함을 부끄러워하는 반면, 아쉬워하는 마음도 분명히 존재했다. 머릿속의 열 폭주가 멈출 기미를 보이지 않았다.

'후우…… 나, 어쩌지?'

왕실에서 폐적된 왕녀이자 금기의 이능력자이기도 한 루미아.

원래 살아있어선 안 되는 그녀는 어릴 때부터 많은 것을 포기하며 살아올 수밖에 없었다. 자신보다 타인을 우선시하는 『착한 아이』가 되어야만 했다. 늘 그런 뒤틀린 삶의 방식을 고수할 수밖에 없었다.

하지만 어느 사건에서 글렌의 도움을 계기로 자신의 솔직한 마음을 깨닫고 지금은 『착한 아이』를 그만두기로 했다. 자신의 행복을 위해, 전력으로 미래를 향해 나아가기로 결심한 것이다.

그리고 시스티나를 위해 억눌러왔던 글렌에 대한 자신의 감정을 진지하게 마주하고 이제는 그녀와 정정당당한 사랑의 라이벌이 되었다.

하지만 지금까지 쭉 억눌러왔던 반동인지 최근엔 날이 갈수록 그 감정이 강해지고 있었다. 설마 자신이 이토록 정열적인 성격일 줄은 상상조차 못 했다.

하다못해 이 마음만이라도 글렌에게 전하고 싶었지만…….

'……무리야. 용기가 나질 않아.'

그렇다. 그런 루미아도 좀처럼 첫걸음을 내디딜 수가 없었다.

전에는 글렌에 대한 시스티나의 태도를 지켜보며 답답해한 적도 있었으나 결국 자신도 별 다를 바 없었다.

좋아하는 사람에게 한 걸음 다가가고 싶다. 날 돌아보게 만들고 싶다. 하지만 거절당하는 것이 두려웠다. 행복한『지금』이 무너지는 것이 두려웠다.

또래 여학생들에 비해 정신적으로 어른스러웠던 그녀도 연애에 관해서만큼은 사춘기 소녀였던 것이다.

'아아, 나 정말 어쩌면 좋지…….'

꿈 때문인지 가슴 속에서 타오르는 사랑의 불길이 오늘따라 한층 더 거셌다. 머릿속이 복잡해서 아무 생각도 할 수 없었다.

"으, 으음~ 얘, 역시 어디 안 좋나?"

"응. 감기일지도."

양 옆의 시스티나와 리엘이 걱정스러운 얼굴로 시선을 나누고 있을 때 오늘의 일정이 시작됐음을 알리는 종소리가 울렸다.

"루미아, 슬슬 수업 시작이야. 저기…… 정말 괜찮아? 몸이 안 좋으면 보건실에 데려다줄까?"

"어? 아, 응. ……괜찮아."

루미아가 어색하게 대답하자 마침 문이 열리며 누군가가 교실로 들어왔다.

"앗! 선생님 오셨다. ……응?"

하지만 교단에 선 것은 이 반의 담임인 글렌이 아니었다.

"안녕. 좋은 아침이다, 제군. 그동안 잘 지냈나?"

글렌의 스승이자 마술학원의 교수인 세리카였다.

예상치 못한 인물의 등장에 학생들은 저마다 눈을 휘둥그레 떴다.

"어? 왜 아르포네아 교수님이……."

"글렌 선생님은 어딜 가시고……."

고개를 갸웃거리는 학생들 앞에서 세리카는 당당하게 선언했다.

"아, 오늘 수업은 전부 중지다!"

"""예?"""

"그리고 대신 「글렌의 신부 선발전」을 열 거다!"

"""예에에에에에에에에에에에에에에에?!"""

영문을 알 수 없는 갑작스러운 전개에 반 전체가 혼란에 휩싸였다.

"잠깐만요! 그게 대체 무슨 말씀이세요?! 아르포네아 교수님!"

그러자 자리에서 일어난 시스티나가 세리카에게 달려가 학생들의 마음을 대변했다.

"말 그대로야. 그냥 갑자기 글렌의 신부를 정해볼까 하는 생각이 들었거든!"

하지만 세리카는 해님처럼 밝은 미소로 터무니없는 발언을 내뱉었다.

"아, 아니, 그런 중요한 걸 무슨 새 가구를 맞추는 것처럼 쉽게 말씀하셔도 되는 거예요?!"

"뭐, 글렌도 이래저래 그런 나이잖아? 제대로 된 직장에 취업해서 수입이랑 사회적인 지위도 안정됐으니 그 녀석도 슬슬 가정을 꾸리고 싶어한달까~? 나도 슬슬 손주 얼굴이 보고 싶달까~?"

세리카는 손가락을 튕겼다.

그러자 이번에는 흰자위를 드러낸 글렌이 기계 같은 어색한 움직임으로 교실에 들어왔다.

"어때? 글렌. 내 말이 맞지?"

"응! 나결혼하고싶어! 절찬신부모집중!"

완벽한 무표정의 글렌이 전혀 감정이 실리지 않은 목소리로 말했다.

"""……"""

어딜 어떻게 봐도 세리카의 정신 지배 마술에 조종당하고 있는 글렌의 애처로운 모습을 직면한 학생들은 경직된 표정으로 경악할 수밖에 없었다.

"그런 고로! 이 몸이 나서서 글렌의 신부를 찾아주려고 하는데…… 뭐, 이것도 부모로선 당연한 일이지!"

그 순간, 자신만만하게 가슴을 편 세리카의 옷에서 어제자 신문이 툭 떨어졌다.

시스티나는 그것을 주워서 읽었다. 그 일면에는 『스무 살이 된 시점에서 독신이었던 남성의 평생 미혼율이 최근 상승 추세』, 『전 여친과의 가슴 아픈 이별이나 실연 경험이 있으면 더 심해지는 경향』, 『역시 결혼은 스무 살까지는 해야 한다는 사회학자의 견해』 등의 글귀가 적혀 있었다.

"그러고 보니 마술로 육체연령을 계측한 결과이긴 해도 글렌 선생님은 분명 올해로 열아홉……."

대충 이 사태의 원인을 눈치챈 시스티나는 눈을 게슴츠레 뜨고 한숨을 내쉬었다.

하지만 세리카는 개의치 않고 신이 난 얼굴로 선언했다.

"자, 그럼 내 귀여운 아들내미의 신부가 되려면 당연히 내가 인정한 최강의 신부이자 최강의 히로인이어야겠지? 그래서 이 기회에 『글렌의 신부 선발전』을 개최하기로 한 거다! 이미 이 소식은 학교 전체에 전달했지! 자, 나야말로 글렌의 신부에 어울린다고 생각하는 녀석은 모두 빠짐없이 참가하도록! ……아, 참고로 내 마음에 차는 신부 후보가 나타날 때까지 글렌은 계속 이 상태일 것 같은 예감이 드는걸~? 자세한 건 나도 잘 모르겠지만!"

"후우……."

시스티나는 성대한 한숨을 내쉴 수밖에 없었다.

까놓고 말해 어이가 없었다.

글렌 본인의 의사는 무시했다는 게 뻔히 보이는 이상, 어차피 이걸로 신부가 정해져봤자 나중에 대충 유야무야될 게 뻔했다.

시스티나가 그렇게 또 여느 때와 같은 세리카의 변덕과 발작으로 치부하려던 순간—.

"저, 저기요!"

뭔가를 결심한 얼굴로 손을 들고 나서는 이가 있었다.

루미아였다.

"그, 그게…… 제가 참가하면 안 될까요?!"

그녀는 다른 학생들의 경악에 물든 시선을 한 몸에 받으며 그렇게 선언했다.

"아……."

본인도 자신이 내뱉은 말에 놀란 기색을 보였다.

"오, 과연 앨리스의 딸! 그렇게 남들 앞에서 당당하게 선언할 수 있다니 『히로인력(力)』이 꽤 높구만! 흠, 신부 포인트 플러스 1점."

세리카는 씨익 웃으며 이상한 기준으로 점수를 매겼다.

"그런데 좀 기다려봐. 대회 준비에는 좀 더 시간이 필요하거든? 만약 참가할 생각이 있다면 한 시간 뒤에 안뜰로 나오도록. 그럼 난 이만!"

그렇게 말한 세리카는 마치 태풍처럼 떠나갔다.

"잘있어라. 내미래의신부후보들이여."

글렌도 어색한 동작으로 그녀의 뒤를 따랐다.

그리고 교실에 남겨진 것은 동요와 당혹스러움뿐이었다.

"자, 잠깐만 루미아…… 너, 정말로 나갈 거니?"

이제부터 『글렌의 신부 선발전』이 열릴 안뜰로 가는 도중, 당황한 표정의 시스티나가 조심스럽게 물었다.

"루미아는 글렌의 신부가 되고 싶은 거야?"

리엘도 고개를 갸웃거리며 질문했다.

"그, 그게……."

그러자 루미아는 평소와는 달리 한껏 위축된 태도로 대답했다.

"그, 그런 건 아니지만…… 난 그저……."

그러나 거기까지 말한 루미아는 이걸로는 내 마음조차 속일 수 없겠구나 싶었다.

세리카가 글렌의 신부를 찾는다고 선언했을 때부터 머릿속에서는 꿈속의 그 광경이 달라붙어 떨어지지 않았기에…….

―사랑해, 루미아.

"으~?!"

식었던 열기가 되살아나며 얼굴이 확 달아올랐다. 루미아는 새빨갛게 변했을 자신의 두 뺨을 허겁지겁 양손으로 가렸다.

"저기, 루미아? 그런 게 아니라면 뭔데?"

말하는 도중에 갑자기 넋을 잃기 시작한 루미아를 본 시스티나가 걱정스러운 얼굴로 뒷말을 재촉했다.

"응?! 아, 그게……."

제정신으로 돌아온 루미아는 몇 번이나 심호흡을 하며 대답했다.

"아, 아르포네아 교수님께서 이런 기획을 세우신 이상, 우리가 조금이라도 어울려드리지 않으면 분명 만족하지 않으실걸? 거기다 선생님은 교수님의 마술에 조종당하시는 것 같으니……."

"……."

"이건 선생님의 의사는 완전히 무시하는 거잖아. 이 선발전의 결과로 선생님의 신부가 결정될 리 없어. 그렇다면 여기선 교수님의 계획에 편승해서 한 시라도 빨리 선생님을 구해드려야……."

'……또 거짓말만. 이런 식으로 본심을 얼버무리니까 한 발짝도 나아가질 못하는 건데.'

그렇게 이유를 대는 한편, 루미아는 나약한 자신의 마음에 약간 혐오감이 들었다.

"으, 음, 뭐, 하긴 네 말도 틀린 건 아닌데······."

나름 납득이 가는 이유라 딱히 반박할 여지는 없었다.

하지만 시스티나는 왠지 모를 조바심을 느꼈다.

"난 잘 모르겠지만······ 신부가 되면 전에 시스티나가 입었던 하얀 옷을 입을 수 있는 거지? 그럼 나도 되고 싶어."

그리고 여느 때처럼 졸린 듯한 무표정의 리엘도 그런 말을 꺼내자─.

"저, 정말이지! 결혼 상대는 이렇게 장난처럼 정하는 게 아니잖아! 교수님도 참, 리엘의 교육에 나쁜 영향만 끼치신다니까! 하, 하지만 뭐! 선생님을 교수님의 마수에서 구해드리기 위해서라면 나, 나도 어쩔 수 없이 참가해주지 못할 것도······."

시스티나는 화를 내면서도 자신을 납득시켰다.

한편, 루미아는 홀로 번민에 빠져 있었다.

'알아. 나도 안다구. ······하지만 지금 이대로는 안 돼. 이유가 뭐든 용기를 내서 처음 한 발짝을 내디뎌야······ 아주 조금이라도 좋으니 앞으로 나아가야만 해. 그렇게 하지 않으면 아무리 시간이 지나도 변하는 게 없을 테니까.'

남몰래 주먹을 굳게 쥐고 조용히 기합을 넣은 루미아는 시스티나, 리엘과 함께 안뜰로 향했다.

"하지만 남편이 될 대상이 글렌 선생님이잖아? 우리 말고 올 사람은 분명 아무도 없······ 뭐, 뭐야 저게에에에에에에?!"

시스티나는 안뜰에 도착하자마자 절규했다.

그곳에는 대체 언제 어떻게 만든 건지 거대한 극장형 무대가 세워져 있었다.

하지만 그보다 더 그녀를 놀라게 한 것은 무대 근처에 모인 각 학년 각 반 여학생들의 존재였다.

대략 스무 명 이상. 예상했던 것보다 훨씬 더 많은 참가자가 모여 있었기 때문이다.

"어, 어째서?! 상대는 그 게으르고 변변찮은 글렌 선생님이잖아?! 그런데 왜 이런 바보 같은 기획에 이토록 많은 참가자가 모인 거냐구!"

"후…… 역시 여러분도 왔군요."

탄식 섞인 목소리에 고개를 돌리자, 그곳에는 웬디와 테레사와 린이 있었다.

자세히 보면 그녀들 외에도 다른 2반 여학생의 모습이 드문드문 눈에 들어왔다.

"어어?! 너, 너희가 대체 왜?!"

"진정 좀 하세요, 시스티나. 당신, 너무 동요한 거 아닌가요?"

웬디는 어깨를 으쓱이며 말했다.

"저희도 여러분과 같은 목적으로 온 거랍니다."

"예. 교수님의 마술에 조종당하는 글렌 선생님을 빨리 해방시켜드리고 싶었거든요."

"……"

웬디와 테레사는 그렇게 말했지만 늘 얌전하고 내성적이었던 린은 이번만큼은 뭔가 큰 결심을 한 표정으로 조용히 서 있었다.

"여, 역시 그런 거지? 선생님의 신부가 이런 장난 같은 기획으로 정해질 리가 없는걸!"

"예, 그럼요! 어서 빨리 수업에 복귀해주셔야죠!"

한편, 시스티나와 웬디는 서로 납득했다는 듯 연신 고개를 끄덕이고 있었다.

"그리고 뭐…… 저도 딱히 선생님이 싫은 건 아니니까요."

하지만 곧 웬디는 새치름한 표정으로 시선을 피하며 양갈래로 묶은 머리 중 한쪽 끝을 빙글빙글 꼬기 시작했다.

"후훗, 웬디는 솔직하지 못하다니까요."

"뭐, 뭐가요?! 그, 그렇게 말하는 당신도……."

한 방 먹은 듯한 시스티나 앞에서 웬디와 테레사는 뭔가 심상치 않은 말을 주고받았다.

"……."

그리고 린은 여전히 입을 다문 채 절대 지지 않겠다는 듯한 눈으로 시스티나, 루미아, 리엘을 바라보고 있었다.

"어……? 저기, 잠깐만. 진짜……?"

이 예상치 못한 전개에 시스티나는 동요를 감추지 못했다.

"어머? 시스티나."

"앗?! 리제 선배까지?!"

그러자 놀랍게도 이번에는 마술학원의 학생회장인 리제
필마까지 모습을 드러냈다.

"어, 어째서 선배까지?!"

"응? 그야 글렌 선생님의 신부 선발전이라면…… 당연히 개
그성 이벤트겠죠? 그럼 참가해서 즐기는 편이 이득이잖아요?"

여유 넘치는 쿨한 분위기의 리제가 장난스럽게 웃었다.

"요즘 학생회 일로 바빴으니 한숨 돌리기에도 딱 좋고요."

"그, 그렇겠죠?! 이런 건 그냥 장난일 뿐인걸요! 전혀 아무
런 의미도 없는!"

왠지 참가자 전원이 전체적으로 들뜬 분위기 속에서 리제
만 평소처럼 냉정한 것을 본 시스티나는 자기도 모르게 안
심했다.

"거기다…… 글렌 선생님이라면 『진짜 나』를 받아들이고
제 곁에 있어주실지도…… 후훗."

"예?!"

하지만 리제의 입에서 갑자기 그런 의미심장한 발언이 튀
어나온 순간, 입을 떡 벌리고 아연실색할 수밖에 없었다.

"저, 저기…… 리제 선배? 그, 그게 대체 무슨 뜻……."

"후훗, 글쎄요? 과연 무슨 뜻일까요?"

시스티나가 완전히 당황해버리자 리제는 머리카락을 쓸어
올리며 장난스럽게 웃었다.

어쩐지 이 이벤트가 단순한 장난으로 끝나지 않을 것 같

은 분위기가 서서히 조성되고 있었다.

'역시…….'

거기서 루미아는 생각했다.

확실히 글렌은 언뜻 봐선 게으르고 변변찮은 언동이 많은 인물이다.

하지만 자세히 살펴보면 교사로서의 업무 자체에는 늘 진지하고 학생을 대할 때도 성실하다.

그리고 무엇보다 그에게는 실제로 위기에 처한 마술학원을 목숨 걸고 몇 번이나 지켜낸 실적이 있었다. 비상시에는 누구보다 먼저 나서서 자신들을 지켜준 그런 용기 있는 사람인 것이다.

인간의 본질을 보지 못하고 겉으로만 판단하는 이들에게 글렌은 그저 별 볼일 없는 인물일 뿐이겠지만, 보는 눈이 있는 이들에게는 달랐다.

그리고 그건 루미아 자신도 잘 알고 있던 사실이 아닌가.

'그야 선생님인걸. 라이벌이 많은 게 당연해.'

여기 모인 여자들은 모두 그런 글렌의 본질을 꿰뚫어본 총명한 자들뿐. 그러하기에 이 선발전이 단순한 장난에 불과하단 것도 다들 이해하고 있었다.

하지만 바꿔 말하면 그걸 알면서도 글렌을 위해 참가해도 좋다는 생각을 할 정도로 그에게 호감을 가진 장래의 라이벌들인 셈이다.

'응, 그렇다면 질 수 없지! 절대로 질 수 없어!'

상황을 냉정하게 분석한 루미아는 다시 한 번 기합을 넣었다. 이것이 설령 개그성 이벤트라 하더라도 이제 그녀에게 패배한다는 선택지는 존재하지 않았다.

『다들~! 글렌의 신부가 되고 싶나아아아아아~!』

그리고 마침 그 순간, 성대한 폭발 연출과 함께 무대 위에 등장한 세리카가 혼자만 이상할 만큼 들뜬 모습으로 음성 확장 마술을 이용해 고함을 내질렀다.

그와 동시에 어디선가 트럼펫 소리가 마치 세상의 종말을 고하는 것처럼 크게 울려 퍼졌고, 어이가 없을 정도로 성대한 폭죽이 하늘을 가득 메웠다. 세리카의 연출 효과 마술이었다.

이 자리에 모인 전원은 당연히 이 황당한 분위기와 온도 차를 따라갈 수 없어서 멍하니 그것을 올려다볼 뿐이었지만 세리카는 전혀 개의치 않고 뒷말을 이었다.

『이야~ 글렌을 위해 모여 줘서 고맙다, 미래의 신부 후보 제군! 이중에서 글렌의 신부가 되는 건, 최강의 히로인이 되는 건 과연 누구인가! 잘됐구나, 글렌! 이렇게나 많은 여자애들이 널 위해 모여 줘서!』

그러자 무대 옆에 있는 화려한 옥좌에 앉은 글렌이 눈이 뒤집힌 상태로 말했다.

"훗! 인기있는남자는괴롭구만."

아직도 정신 지배가 풀리지 않은 모양이었다.

『하하하! 네가 인기 있는 건 당연하잖아! 그야 넌 하면 뭐든 잘하는 애니까!』

그리고 팔불출 세리카의 주책이 작렬하자 여성진은 하나같이 「우와~」 하고 질색하는 반응을 보였다.

『그런 고로 바로 신부 선발전을 개시하마! 「신부에게 필요한 능력과 기능을 측정하는 테스트」를 중심으로 다룰 테니 명심하도록! 우선 첫 번째 테스트는 이거다!』

세리카가 빛을 다루는 마술로 무대 상공에 투사한 영상에 첫 번째 테스트 내용이 나타났다.

이렇게 해서 크건 작건 글렌에게 어느 정도 호감이 있는 소녀들의 의미 없는 싸움이 막을 올린 것이었다.

―――.

『6번, 1학년 레다 셰레. 고생 많았다! 자, 신나게 가보자고! 이 기세로 다음 분 나와주세요~!』

여전히 절호조인 세리카가 무대 구석에 선 채 확성 마술로 외치자 한 소녀가 당당하게 무대 정중앙에 나섰다.

"예~☆ 7번, 2학년의 시스티나 피벨입니다~♪"

한껏 애교를 부리며 손을 흔드는 시스티나는…… **수영복**을 입고 있었다.

"오늘은~! 글렌 선생님께~! 제 신부로서의 매력을~! 듬뿍 어필해보고 싶습니다~!"

"""우오오오오오오오!"""

그런 그녀의 모습에 무대 주위를 에워싼 수많은 관객들이 환호성을 터트렸다.

참고로 이들은 전부 머리부터 발끝까지 해골로 이루어진 용아병(龍牙兵)이었다. 세리카가 관객이 있어야 분위기가 산다는 엉뚱한 이유로 소환했다.

"그럼 시작합니다~!"

그런 해골들 앞에서 시스티나는 한 바퀴 회전한 후 대담한 포즈를 취하기 시작했다.

"아항♪"

가슴을 젖히는 포즈.

"웃흥♪"

엉덩이를 내미는 포즈.

그때마다 해골들이 환호성을 터트리는 광경은…… 그야말로 아비규환의 지옥도였다.

하지만 곧 시스티나는 이 상황 자체를 도저히 견디지 못하겠는지 어깨를 부들부들 떨며 새빨개진 얼굴로 뺨을 실룩거렸고—.

"……아니, 대체 뭘 시키는 거예요오오오오오옷!"

결국 하늘 높이 절규했다.

『음~ 도중에 이성이 돌아왔나. 눈치가 부족하군. 신부 포인트 마이너스 1점.』

"제가 알 바 아니거든요?! 그리고 그 점수는 또 뭔데요?!"

시스티나는 마치 하악질을 하는 것처럼 세리카를 위협했다.

"애당초 수영복을 입고 뭔가 야한 포즈를 해보라니! 이게 대체 무슨 테스트냐구요!"

"아니, 뭐 신부에게 필요한 능력과 기능을 측정하는 테스트라고 했잖아?"

하지만 세리카는 주눅 들기는커녕 자신만만하게 대답했다.

"즉, 신체검사다. 가슴이나 엉덩이 크기 같은…… 요컨대 건강한 아기를 낳아줄지를 확인하는 거지."

"~~~~?!"

시스티나는 새빨개진 얼굴로 입을 다물지 못했다.

"중요한 문제잖아?"

"아, 아니, 그, 그야 중요할지도 모르지만?!"

"까놓고 말해 난 신부를 고를 때 가장 중요한 요소는 여자로서의 섹시함이라고 생각하거든!"

"너무 솔직하신 거 아니에요?!"

뭐, 예상대로라면 예상대로겠지만 세리카가 제시한 과제 때문에 신부 선발전은 시작부터 혼돈의 극치였다.

"뭐야~. 내가 낸 테스트에 무슨 불만이라도 있어~?"

"당연히 있죠! 글렌 선생님이라면 절대로 그런 관점에서 배우자를 고르시지 않을 거라구요!"

수영복 차림의 시스티나는 입을 삐죽 세리카에게 분연히 항의했다.

"서, 선생님은 변변찮고 섬세함도 전혀 없는 분인 건 사실이지만! 그래도 여성에게는 뭐랄까, 좀 더 성실……."

"아닌데? 글렌도 건강한 성인 남자야. 분명 머릿속은 핑크색으로 가득할 게 분명해. 그 증거로, 봐. 글렌 녀석, 엄청 기뻐하고 있잖아."

"슴가! 슴가!"

세리카가 옥좌를 가리키자 눈이 뒤집힌 글렌이 변태적인 단어를 연호하면서 한 손을 어색하게 붕붕 흔드는 모습이 눈에 들어왔다.

"어때? 글렌도 기뻐하잖아?"

"딱 봐도 저건 교수님이 정신 지배 마술로 조종하고 있는 거잖아요! 저런 게 선생님의 진심일 리가……."

"근데난가슴이더큰여자가취향인데말야. 아니애당초넌너무말랐어. 좀더잘먹고살을찌우라고하얀고양이."

"《제정신이면·제정신이라고·말하라구요》오오옷!"

시스티나가 주문을 즉흥 개변한【게일 블로】가 글렌을 저 하늘 높이 날려버렸다.

"후우~ 나 참. 예상대로네요."

"그러게요. ……관객들이 마술로 만든 해골인 게 그나마 다행이랄지."

무대 위에서 시스티나와 세리카가 투닥거리는 모습을 지켜보던 웬디와 테레사 — 당연히 수영복 차림 — 가 한숨을 내쉬었다.

"선생님을 교수님의 마수에서 구하려고 참가한 것까진 좋았지만…… 시작부터 이래서야 앞날이 훤하네요."

"참가한 다른 여학생들도 이 테스트가 발표된 시점에서 절반 이상이 떠나버렸구요."

이래저래 수영복 콘테스트는 그대로 속행되었다.

무대 위에서 어필하는 모습을 본 세리카가 참가자들에게 신부 포인트라는 이상한 점수를 매겼지만 그 기준은 전혀 알 수 없었다.

참가자 대부분이 10점 근처를 오갔고 결국 민망함을 이겨내지 못해 어색한 모습을 보였던 시스티나와 웬디는 5점밖에 받지 못했지만, 테레사는 똑같이 부끄러워하긴 했어도 본인의 몸매가 워낙 훌륭한 덕분인지 20점이라는 고득점을 얻었다.

그렇다고 해서 자연스럽기만 하면 되는 것도 아닌지 기계적으로 담담하게 어필한 리엘은 8점이었다. 세리카의 평으로는 『섹시함이 부족하다』나 뭐라나.

하지만 부끄러워서 어쩔 줄 몰라 하며 본인의 성적 매력을 제대로 어필하지도 못했지만, 눈물을 머금고 끝까지 버텨낸 린은 30점이나 받았다. 세리카의 평으로는 『모에』했다나 뭐라나.

"뭐야 이 점수?! 전부 교수님 마음대로잖아!"

"말해봤자 소용없어요."

시스티나와 웬디가 벌써 진저리를 친 순간—

"""""우오오오오오오오오오오오오오오!"""""

관객석 쪽에서 큰 환호성이 터졌다.

지금 무대 위에 있는 건 요염한 하이레그 수영복을 입은 리제였다.

희미한 미소를 머금은 그녀는 마지막까지 당당하게 섹시한 포즈로 무대를 마무리했다.

『좋다, 아주 훌륭했어! 음, 신부 포인트 40점!』

세리카는 절찬을 보내며 지금까지 중 최고 득점을 선언했다.

늘 쿨한 리제는 이런 자리에서도 전혀 흔들림이 없었다.

수줍어하기는커녕 마치 프로 모델이나 배우처럼 대담한 자세를 취하는 것에 전혀 주저함이 없었다. 만약 이 자리에 남학생이 있었다면 분명 그녀의 넘치는 색향과 매력에 사로잡혀 헤어 나오질 못했으리라.

"대, 대단해……."

"역시 학생회장……."

그런 리제를 본 시스티나와 테레사는 솔직하게 감탄할 수밖에 없었다.

"후훗, 생각보다 꽤 부끄럽네요. 좀 긴장했어요."

그리고 무대를 마친 리제는 어깨에 수건을 걸친 채 상쾌한 걸음걸이로 일행에게 돌아왔다.

"저, 저기…… 선배? 기합이 너무 들어가신 거 아닌가요?"

"후훗, 그럴까요?"

머리를 부드럽게 쓸어 올리며 웃는 리제의 표정에는 여유가 넘쳤다.

"저, 저기요. 선배? 이건 그냥 교수님의 장난 같은 거니까…… 그, 그렇게까지 진심으로 하실 것까진……."

어째선지 안절부절 못 하는 시스티나가 견제하는 태도를 보이자 리제는 의미심장한 미소로 대답했다.

"어머? 그런 건 저보다 저 애한테 먼저 말하는 편이 좋지 않을까요?"

"예?"

"솔직히 저 정도까지 『각오』한 그녀를 제가 과연 이길 수 있을지는……."

팔짱을 낀 리제가 눈을 감고 혼잣말을 한 순간—.

"""우오오오오오오오오오오오오오오오오오오오오오오!"""

무대 위에서는 지금까지와 비교조차 할 수 없는 어마어마한 크기의 환호성이 터졌다.

"예~☆ 20번 루미아 틴젤입니다♪"

그곳에서는 비키니 수영복을 입은 루미아가 태양처럼 밝

게 웃고 있었다.

"선생님의 신부가 되려는 사람들은 다들 강적이지만, 나도 지지 않아! 진짜 열심히 할 테니까 다들 응원 잘 부탁해~!"

루미아의 선언에 관객석이 다시 달아올랐다.

그리고 그녀의 대담하면서도 당당한 어필 타임이 시작되었다.

"뭐, 뭐야 저게……."

그런 루미아의 예상치 못한 모습에 시스티나 일행은 그저 압도당한 채 입을 다물지 못했다.

이미 그것은 교태나 허세나 수치심이나 수줍음 같은 영역을 초월해 있었다.

자신을 봐줬으면 하는 절실한 마음이 존재감으로 변해 자세에도 반영되고 있었다.

그야말로 이상적인 소녀 아이돌의 강림.

마치 루미아의 주위에만 후광이 비치는 것처럼 반짝이고 있었다.

"……훌륭하다!"

세리카는 폭포수처럼 눈물을 쏟으며 그런 루미아의 모습에 완전히 빠져들어 있었다.

"습갓! 습갓!"

정신을 조종당하고 있을 터인 글렌도 마치 트렌스 상태에 빠진 것처럼 팔을 격렬히 휘두르고 있었다.

'안 져! 절대로 질 수 없어! 부끄럽지만, 용기를 내기로 결심했으니까! 한 걸음 내딛기로 결심했으니까! 그러니……!'

그리고 무대 위의 루미아는 주위의 상황이 전혀 눈에 들어오지 않는 듯 그저 필사적으로 자신의 벽을 깨트리려 하고 있었다.

"루, 루미아……?"

"……피, 필승의 기백이 느껴지네요."

무대 위의 루미아에게 압도당한 시스티나와 웬디가 눈을 깜빡였다.

"……제법이네요."

리제도 감탄밖에 나오지 않는 모양이었다.

"잠깐……! 이건 그냥 개그성 이벤트일 뿐이잖아?! 그런데 쟤, 너무 필사적인 거 아냐?!"

시스티나는 당황하며 넋을 잃은 일행을 돌아보았다.

"후훗, 시스티나. 당신도 슬슬 진심으로 각오하지 않으면…… 완전히 추월당할지도 모르겠네요."

"리, 리제 선배?! 그게 대체 무슨 뜻인가요?!"

리제가 의미심장하게 웃자 시스티나는 왠지 모를 조바심을 느끼며 캐물었다.

아무튼 그렇게 무대는 성황리에 막을 내렸고(관객은 해골이었지만) 루미아는 오늘 최고 득점인 50점을 거두었다.

『이야~ 정말 훌륭한 무대였다! 그럼 바로 다음 테스트를 시작하마!』

""""우오오오오오오오오오오오오오오오오!""""

수영복 콘테스트가 끝나고 세리카가 그렇게 선언하자 관객석을 가득 메운 해골들이 양손을 높이 들며 환호성을 터트렸다.

""""…….""""

하지만 참가자들은 현재 전원 무대 위에서 너나할 것 없이 아연실색하고 있었다.

"으, 으음……?"

시스티나는 눈을 비볐다. 그리고 무대 정중앙을 다시 한 번 뚫어지게 응시했다.

하지만 몇 번을 다시 봐도 그곳에는 산처럼 거대한 몸과 하늘을 뒤덮을 듯한 날개를 펼친 드래곤이 자리 잡고 있었다. 어딜 어떻게 봐도 실물이었다.

"어? 뭐예요? 저건."

『내가 소환마술로 불러낸 저 녀석은 과거에 내가 두들겨 패서 부하로 삼은 드래곤이다!』

새파랗게 질린 시스티나의 질문에 세리카는 당당하게 대답했다.

"아니, 드래곤인 건 보면 알겠는데…… 저걸 어쩌라고……."

그러자 세리카는 무슨 당연한 걸 묻느냐는 듯 가슴을 펴고 말했다.

『저 녀석을 쓰러트린 신부 후보에게 백 점을 주지! Let's fight!』

"웃기지 마아아아아아아아아아아아아아!"

시스티나는 세리카에게 맹렬히 달려가더니 멱살을 잡고 흔들어댔다.

"이게 대체 뭐예요! 신부에게 필요한 능력이나 기능을 측정하는 테스트라면서요! 그럼 보통 요리나 청소 같은 종목으로 대결해야 하는 거 아닌가요?! 수영복 콘테스트도 그렇고 드래곤 퇴치도 그렇고 당신은 대체 뭘 하고 싶은 거냐구요!"

"아니, 그치만 아내는 남편이 집을 비운 동안 가정을 지켜야 하는 법이라며? 남편이 없을 때 사신(邪神)이나 옛 지배자들이 쳐들어오면 위험하니까⋯⋯."

"그런 집이 세상천지에 어딨어?!"

시스티나가 거칠게 하악질을 했지만 세리카는 마이동풍이었다.

"뭐, 글렌의 신부가 될 여자라면 적어도 드래곤쯤은 콧노래를 부르면서 요리할 수준은 돼야 하잖아?"

"뭐예요! 그 『이 정도 요리쯤은 당연히 할 줄 알아야지~』 같은 뉘앙스는?! 이런 건 신부의 능력이랑 하나도 관계없거든요?!"

"하하하! 뭐, 아무튼 싸워. 이기진 못해도 싸우는 걸 보고 따로 점수를 매겨줄 테니까! 괜찮아, 너무 걱정하지 마! 드래곤의 공격은 령주(슈呪)를 써서 정신 공격인…… 용의 포효^{드래곤즈 샤우팅}【스턴 슬로터】로만 제한해뒀으니까!"

"마, 말이야 쉽지……!"

한편, 무대 쪽은 완전 대참사였다.

"꺄아아아아아아아아악!"

"이런 건 무리라구우우우우!"

앞 다퉈 달아나던 참가자들은 목을 길게 빼든 드래곤이 정신을 직접 공격하는 공포의 포효【스턴 슬로터】를 외친 순간, 그 자리에서 정신을 잃고 툭툭 쓰러지기 시작했다.

그야말로 아비규환의 지옥도나 다름없었다.

"히이이이이이이익?! 무리무리무리무리! 저런 걸 상대로 어떻게 이겨어어어어어어~!"

귀를 틀어막은 시스티나는 눈물을 찔끔 흘리며 몸을 웅크렸다. 【마인드 업】으로 정신을 보호했지만, 스턴 슬로터의 무시무시한 위력 앞에선 바람 앞의 촛불이었다.

"진정하세요! 이건 테스트예요! 그럼 활로가 존재할 터!"

그러자 리제가 레이피어를 빼들더니 선두에 서서 당황하는 참가자들을 질타했다.

"저와 리엘이 정면에서 주의를 끌겠습니다! 여러분은 측면에서 일제히 공격 주문을!^{어설트 스펠} 루미아 양은 【마인드 업】으로 모두의 지원을!"

"음, 음. 리제 녀석, 이런 상황에서도 냉정하게 상황을 파악하고 자연스럽게 지휘를 잡다니…… 이건 높은 점수를 줄 수밖에 없지!"

"이이이이이야아아아아아아아아아아아압!"

"오! 첫 공격은 리엘인가! 과연! 신부 포인트 추가!"

래피드 스트림을 쓴 리제가 바람 같은 움직임으로 드래곤의 발밑을 빠져나가며 주의를 끄는 사이, 리엘은 마치 탄환처럼 드래곤을 향해 몸을 날리며 대검을 휘둘렀다.

그 광경을 본 세리카는 아주 신이 난 얼굴로 보드에 점수를 매기고 있었다.

"아, 진짜! 그냥 될 대로 되라지!"

시스티나도 자포자기한 상태로 주문을 영창하기 시작했다.

"다들, 힘내자!"

그리고 이상할 정도로 전의가 넘치는 루미아가 다른 참가자들에게 열심히 【마인드 업】을 걸어주었다.

그렇게 해서 마술학원 사상 최초의 드래곤 퇴치 대회가 별안간 막을 올렸다.

하지만 뭐, 당연하다면 당연하달까.

"으, 역시 무리야! 무리! 헉~ 헉~!"

학생들의 힘으로 드래곤을 쓰러트리는 건 역시 불가능했는지 【스턴 슬로터】의 영향을 여러 차례 받은 참가자들의 정신은 넝마처럼 피폐해져 있었다.

웬디와 테레사와 린도 나름 건투했지만 이미 정신을 잃은 상태였다.

"큭……."

"하아……하아…… 역시 힘드네."

리제와 리엘도 땅에 꽂은 검에 몸을 기대며 서 있는 것이 한계였다.

"검이나 어지간한 마술로…… 드래곤의 『용린(龍鱗)』을 뚫을 수 있을 리 없잖아! 이, 이젠 다 틀렸어!"

정신에 누적된 대미지 때문에 서 있을 수조차 없는 시스티나가 한탄했다.

하지만 드래곤은 그런 참가자들의 실낱같은 희망마저도 전부 빼앗아가려는 듯, 정신을 완전히 무너트리려는 듯 최후의【스턴 슬로터】를 준비했다.

그것을 본 모두가 끝을 예감하고 몸을 움츠렸는데 불가사의한 현상이 일어났다.

갑자기 공간에 균열이 생기더니 음속으로 날아온【스턴 슬로터】가 완전히 차단된 것이다.

"어?! 지금 뭐가……."

"다들, 포기하지 마!"

절망에 사로잡힌 일행 앞에서 늠름하게 서 있는 인물.

그것은 바로 루미아였다.

그리고 그녀가 오른손에 들고 머리 위로 올린 은백색 빛의 정체는…….

"앗?! 그건 《은 열쇠》애애애애애애?!"

어쩌면 루미아 그 자체라고도 할 수 있는 『진정한 힘』. 마술보다 오래된 힘이자, 마술이 인간의 순수한 염원을 체현했을 뿐인 시절의— 원초의 힘.

이 세계의 공간을 지배하고 다루는 열쇠.

"어, 어떻게?!"

시스티나는 하늘을 향해 의무적으로 태클을 날릴 수밖에 없었다.

"저, 저 열쇠는 비상시나 최종결전 같은 때에만 쓸 수 있는 치트급 최종병기잖아?! 그런 걸 하필 이런 곳에서 꺼냈다고?!"

그때였다.

"나야. 오랜만이네, 시스티나."

루미아와 판박이처럼 닮은 수수께끼의 소녀, 남루스가 시스티나 앞에 나타났다.

"나, 남루스 씨이?!"

"절망적인 싸움에 희망을 버리지 않고 맞서 싸우는 저 아이의 간절한 마음, 절실한 각오, 엄연한 결의에 응해서…… 지금 다시 인간의 땅에 강림했어."

남루스는 마치 전장의 여신 같은 날카로운 분위기를 자아

루미아

내며 말했다.

"이 날을 위해 몰래 조금씩 모아둔 내 힘을 써서 루미아의 《은 열쇠》를 일시적으로 다시 개봉한 거야. 설마 이렇게 빨리 쓸 기회가 올 줄은 몰랐지만……."

그리고 남루스는 심각한 표정으로 눈앞의 드래곤을, 주위의 해골들을 차갑게 흘겨보았다.

"그건 그렇고 이쪽으로 온 건 오랜만인데…… 사태가 예상보다 심각한 것 같네. 이번 적은 누구? 상황을 보건대…… 모든 용을 지배하고 정점에 선 백은룡장(白銀龍將) 르 실바? 아니면 사령의 지배자이자 명부의 대공인 명법사장(冥法死將) 하 데사? 어느 쪽이든 상황은 최악인 것 같네. 이 페지테가 또 마장성(魔將星)의 표적이 되다니…… 역시 여긴 뒤틀린 역사의 특이점이었던 건가?"

아무래도 남루스는 뭔가 성대하게 착각을 한 모양이었다.

하지만 본인은 전혀 눈치채지 못한 채 루미아를 향해 진지하게 외쳤다.

"루미아! 싸워! 당신은 인간! 자신의 영혼이 바라는 대로 당신의 소중한 것을 지키기 위해! 그 열쇠는 당신의 진정한 바람을 이루기 위한 것! 한 명의 인간으로서 당신 자신의 행복을 쟁취하기 위해 싸우는 거야!"

"예! 알았어요! 남루스 씨! 고마워요!"

"흥! 감사의 말 같은 건 필요 없어. ……진짜 늘 손이 많이

가는 애라니까."

그리고 그런 두 사람의 대화를 들은 시스티나는—.

'마, 말 못 해!'

머리를 감싸 쥐고 고뇌했다.

'이게 글렌 선생님의 신부를 뽑기 위한 싸움이라는 건 절대로 말 못 해! 말할 수 있을 리 없잖아! 으아아아아아~!'

시스티나가 어색한 분위기 속에서 번민하는 사이에 드래곤과의 싸움은 공간을 지배하는 인외의 힘을 다루는 루미아의 압승으로 끝났다. 점수도 당연히 루미아가 독차지.

참고로 전투가 끝난 후 진상을 알게 된 남루스는 「바보! 바보! 뭐야! 다들 한통속이 돼서 날 놀린 거야?! 흑! 루미아도 세리카도 다 싫어! 이젠 몰라! 으아아아아앙!」 하고 울면서 사라졌다.

아마 이번 사건의 가장 큰 피해자는 그녀가 아니었을까.

그 후에도 영문을 알 수 없는 테스트는 계속되었다.

『다음은 청소 승부다~!』

"드디어 제대로 된 종목이! 그래, 이거지! 난 이런 신부다운 승부를 기다리고 있었다구! 좋았어! 이래봬도 정리정돈은 꽤 자신 있거든?!"

세리카가 참가자들에게 허겁지겁 종이를 나누어주었다.

증명사진이 붙은 그것은 다름 아닌 마술학원의 강사인 할리의 프로필이었다.

"어? 뭐야 이게."

"뭐긴 뭐야. 청소 승부라고 했잖아?"

시스티나를 비롯한 참가자들이 당혹스러워 하자, 세리카는 활짝 웃으며 엄지로 목을 긋는 제스처를 취했다.

"자, 얼른 그 자식을 **치워버리고** 와."

"그런 의미의 청소였어?!"

시스티나는 또다시 세리카의 멱살을 잡고 흔들 수밖에 없었다.

"아니~ 그게 실은 어제 말이지~. 할리 녀석이 글렌을 막 구박하는 걸 보니까 좀 열이 받아서~."

"그거 완전 개인적인 원한으로 인한 화풀이잖아요! 신부 선발전이랑 전혀 관계도 없는!"

"응. 알았어. 나 이런 청소는 잘해. ……전엔 자주 했어."

"아, 안 돼! 리엘!"

"포, 포기하면 안 돼. ……나, 난 포기해선…… 하으으~."

"루미아까지?!"

어째 절박한 분위기의 루미아가 동공지진을 일으키며 귀기 어린 모습으로 비틀비틀 걸어가는 것을 본 시스티나는 찌를 듯한 두통을 느꼈다.

"저, 정신 차려! 너, 오늘 뭔가 좀 이상하다구!"

"그그그, 그치만 열심히 하겠다고…… 용기를 낼 거라고 결심했는걸. 그, 그러니……."

"그건 이럴 때 쓰는 용기가 아니라구우우우우우우우!"

영문을 알 수 없는 신부 테스트는 계속되었다.

『그럼 다음이 마지막 테스트다! 다들, 마음의 준비는 됐겠지?!』

그리고 마침내 끝이 다가왔을 때 참가자들은 하나같이 기진맥진한 상태였다.

대부분이 가혹한 테스트를 견디지 못해 탈락했고 끝까지 남은 건 시스티나, 루미아, 리엘, 리제, 웬디, 테레사, 린 이렇게 일곱 명뿐이었다.

"헉……헉…… 이젠 싫어. 집에 가고 싶어. 그냥 다 꼴도 보기 싫어……."

이 신부 선발전에 참가한 것을 진심으로 후회한 시스티나가 마지막 테스트 내용의 발표를 조심스럽게 기다리고 있자, 글렌이 여전히 어색한 움직임으로 무대에 올라와 정중앙에 섰다.

"……글렌 선생님?"

의아해하는 소녀들 앞에서 아직도 기운이 넘치는 세리카가 즐거운 목소리로 외쳤다.

『마지막 테스트는 아주 쉽다! 너희들의 글렌을 향한 마음이 얼마나 큰지 확인하고 싶군! 글렌의 입술에 키스! 이건 빠른 사람이 승자다아아아아아아아아!"

"""예에에에에에?!"""

마지막에 와서 무지막지한 폭탄이 투하되었다.

"……키스? ……키스가 뭐야?"

리엘 같은 예외도 있었지만 소녀들은 하나같이 당황해서 정신을 차리지 못했다.

"자, 자자잠깐만요! 아르포네아 교수님! 대체 무슨 생각을 하시는 거예요! 여, 여기서 키, 키키키, 키스라니?!"

시스티나는 새빨개진 얼굴로 맹렬히 항의했다.

"뭐야? 글렌의 신부가 되고 싶다면 키스 정돈 별 거 아니잖아? 애당초 결혼식에서도 할 테고."

하지만 세리카는 전혀 개의치 않았다.

"아, 아니 그건 그렇지만!"

"아, 참고로 여기 걸린 신부 포인트는 5억 점이다. 그야말로 일발역전의 기회인 셈이지."

"그럼 지금까지 한 테스트는 대체 뭐였던 거냐구요오오오오오오!"

진심으로 어처구니가 없었다.

"큭큭…… 참고로 키스를 안 하면 글렌은 계속 저 상태일 걸? 이건 그런 마술이거든."

"키, 키스? 선생님과……?"

세리카는 무척 즐거워 보였고 소녀들 사이에서는 당혹스러움과 갈등이 교차했다.

키스. 그래, 키스다.

사춘기 소녀들에게는 정말 중대한 문제였다.

아무리 호감을 가진 글렌을 위해서라지만 이런 장난스러운 상황에서 남들의 구경거리가 되면서까지 바쳐도 될 싸구려는 아니었다.

상대가 누가 됐든 좀 더 신중하게, 좀 더 로맨틱한 상황에서 하고 싶다고 바라는 건 소녀로서 당연한 일이리라.

"???"

하지만 리엘에게는 아직 이른 모양이었다.

"아아, 하으으…… 키, 키스……."

시스티나는 머리 위로 수증기를 내뿜으며 당황하고 있었다.

"……!"

그 쿨한 리제조차 뺨을 붉히고 입술에 가만히 손가락을 가져다댈 정도였다.

웬디와 테레사와 린도 저마다 똑같이 망설이고 있었다.

『흐음? 아무도 없나? 그럼 전원 실격인가~?』

그 순간, 뭔가를 결심한 표정으로 무대에 오른 소녀가 있었다.

……루미아였다.

"루, 루미아……? 진심이야?"

시스티나는 그저 아연실색한 얼굴로 상황을 지켜볼 수밖에 없었다.

기회를 놓친 소녀들은 루미아가 글렌을 향해 똑바로 걸어가는 모습을 그저 묵묵히 보고 있었다.

"서, 선생님……."

루미아는 콩닥거리는 가슴에 손을 얹고 글렌 앞에 멈춰 섰다.

오늘 아침의 꿈과 완전히 동일한 상황, 동일한 구도.

싫든 좋든 그때의 기억이 되살아나자 얼굴이 뜨거워지고 정신이 이상해질 것만 같았다.

'아, 안 되겠어. 역시 무리야. 그, 그치만…….'

미래를 향해 나아가기로 결심했다.

착한 아이로 남기 위해 타인에게 모든 것을 양보하고 채념했던 자신과 결별하기로 결심했었다.

'그래. 이건 미래로 나아가기 위해서. 그 첫 걸음을 내딛기 위해서야. 그러니까 제발, 루미아. ……용기를 내!'

"선생님…… 시, 실례할게요."

그렇게 자신을 질타한 루미아는 살짝 발돋움을 하며 글렌을 향해 얼굴을 내밀었다.

서로의 숨결이 느껴질 정도로 서서히 가까워지는 입술.

마른 침을 삼키며 그 모습을 지켜보는 소녀들.

아주 신이 나서 재촉하는 세리카.

그리고 마침내 두 사람의 입술이 포개어지려 한 순간—

"잠……!"

시스티나가 무심코 뭔가를 외치려한 바로 그때—

"으라차아아아아아아아아아!"

그때까지 인형처럼 가만히 있었던 글렌이 갑자기 하늘을 향해 주먹을 치켜들며 크게 소리쳤다.

"헉……! 헉……!"

"""서, 선생님?!"""

"아, 젠장! 이제야 겨우 세리카의 정신 지배에서 자력으로 벗어났네! 야, 세리카! 너 인마! 감히 나한테 이딴 짓을 저질렀겠다?!"

조종당하고 있을 때의 기억이 남았는지 글렌은 세리카를 노려보며 불처럼 화를 냈다.

"칫…… 하필 이런 타이밍에."

하지만 당사자는 전혀 반성하는 기색이 없었다.

"미안, 루미아! 저 바보가 저지른 소동에 말려들게 해서! 날 풀어주려고 이래저래 무리했던 거지? 고맙다!"

"아, 저기…… 그게……."

당황하는 루미아의 머리를 거칠게 한 번 쓰다듬은 글렌은 손가락을 뚝뚝 꺾으면서 세리카를 향해 성큼성큼 다가갔다.

"오늘만큼은 못 참아. ……이번에는 내가 혼쭐을 내줄 테니 각오해."

"흐, 흐응~? 네가 날?"

글렌의 험악한 분위기에 위축된 세리카는 지지 않으려는 듯 입을 열었다.

"미리 말해두지만, 너와 난 마술사로서 엄청난 격차가……."

"흐응~ 마술사로서의 격차라?"

하지만 글렌은 이미 광대 아르카나를 꺼내 고유마술 【광대의 세계】를 발동한 상태였다.

"헉?! 그, 글렌?! 너 인마, 부모를 상대로 거기까지……!"

"크크크, 마술을 못 쓰는 넌 평범한 여자일 뿐! 자, 그럼 이번엔 보기 드문 패턴이지만 어디 세리카의 벌칙 타임을 시작해보실까!"

황급히 세리카가 도주를 감행했지만 글렌은 잽싸게 따라잡더니 헤드록을 걸었다.

"이게! 이게! 이게!"

"자, 잠깐 글렌! 대, 대화로 해결하자! 그저 난 네 장래가 걱정돼서…… 아야야야야야앗?! 미안! 미안하다고!"

모두가 어안이 벙벙한 얼굴로 지켜보는 가운데, 무대 위에서는 눈물을 글썽거리는 세리카와 분기탱천한 글렌의 모자

(母子) 싸움이 시작되었다.

"……하아."

그런 글렌의 모습을 지켜보던 루미아는 마지막으로 아쉬운 한숨을 내쉴 수밖에 없었다.

그렇게 이번 소동이 무사히 막을 내린 후.

"……나, 참 못났지?"

잠시 혼자 있고 싶어진 루미아는 옥상에서 혼잣말을 중얼거렸다.

들뜬 마음과 열기가 식은 그녀는 이제야 겨우 상황을 냉정하게 바라볼 수 있었다.

"모처럼 용기를 내려고 했는데…… 한 걸음 내디디려 했는데……."

글렌과의 키스.

그때 자신은 결국 마지막 한 걸음을 내딛지 못했다.

바로 직전에 글렌이 정신 지배에서 벗어나는 바람에 못 했던 것이 아니었다.

막상 중요한 순간에 망설여버린 탓에 기회를 놓친 것이다.

그런 절호의 기회가 눈앞에 탐스럽게 차려졌는데도 결국 마지막 순간에는 용기가 생기질 않았다.

"후우…… 이래서야 선생님께 내 마음을 전하는 건 당분간 무리겠네."

아직 마음이 약하다는 증거였다.

"……그래도 오늘은 조금이지만…… 움직일 수 있었어. ……한 걸음은 아니어도 반걸음은 나아간 거겠지?"

그럼에도 오늘 소동을 통해 글렌을 향한 감정은 더더욱 강해졌다.

그래, 역시 난 글렌이 너무 좋아서 견딜 수 없다. 내가 아직 어렸던 그날 그때 그에게 구원을 받은 이후로 줄곧…….

그래서 아무리 장난이라 해도 오늘은 그토록 필사적이 될 수 있었던 것이다.

"그래도 아직은 무리야. 난 아직 약하니까. ……그래도 언젠간 반드시……."

아주 작은 전진. 그런 소박한 전과를 거둔 루미아는 결의를 새로이 다지며 앞으로도 열심히 살아야겠다고 결심했다.

"루미아~! 얘가 정말, 이런 곳에 있었던 거야?"

"응. 집에 가자. ……피곤해."

그러자 마침 옥상 출입구에서 시스티나와 리엘이 나타났다.

"아, 미안~ 얘들아. 지금 갈게!"

사고를 전환하고 두 친구에게 걸어가는 루미아는 입가에 따스한 미소를 머금고 있었다.

바이바이 사랑하는 딸기 타르트

Farewell, My Beloved Strawberry Tart

Memory records of bastard
magic instructor

"리엘 레이포드으으으으으으으으으으으으으으으으으으으으!"

알자노 제국 마술학원의 복도에 분노어린 절규가 울려 퍼졌다.

여느 때처럼 셋이서 걷고 있는 시스티나, 루미아, 리엘 앞에 얼굴이 새빨개진 할리가 맹렬히 달려온 것이다.

"하, 할리 선생님?!"

할리는 대체 무슨 일인가 싶어 눈을 깜빡이는 시스티나와 루미아를 밀치고 리엘에게 다가갔다.

"이야기는 들었다! 네놈, 지난 중간고사에서 낙제점을 대량으로 받았다면서!"

할리는 리엘의 멱살을 잡고 들어 올리며 몹시 화가 난 얼굴로 소리쳤다.

"응. 쑥스럽네."

하지만 당사자는 평소와 다름없는 졸린 듯한 무표정으로 태연하게 대답할 뿐이었다.

"칭찬이 아니거든?! 에잇, 이 몸이 네 추가시험 감독관을 맡게 됐단 말이다! 이걸 대체 어떻게 할 거냐고!"

"아차~ 하필이면 할리 선생님이 걸리다니……."

옆에서 상황을 지켜보던 시스티나는 무심코 이마를 짚으며 한숨을 내쉬었다.

이 학교에서는 학생이 중요한 시험이나 강의를 통과하지 못했을 경우, 반드시 당사자의 담임이 아닌 다른 반 담임이 추가시험 감독관을 맡는 것이 교칙으로 정해져 있었다.

그런데 이번에는 리엘의 추가시험을 하필이면 할리가 맡게 된 모양이었다.

할리에게 리엘은 소중한 모발의 원수이자 연구실까지 파괴한 밉살스러운 존재다.

그러다 보니 아무리 의무라곤 해도 화가 난 것이리라. 할리는 멱살을 잡힌 채 떠 있는 리엘을 앞뒤로 마구 흔들면서 설교와 비아냥을 퍼붓고 있었다.

하지만 리엘은 어디서 개가 짖냐는 식이었다.

할리의 손에 매달린 채 꾸벅꾸벅 졸기 시작했다. 진심으로 할리의 말에는 관심이 없는 모양이었다.

"이 자식이이이이?! 정말 이해하긴 한 거냐?!"

하지만 그런 불손한 태도는 당연히 불에 기름을 부은 것처럼 할리의 화만 부추길 뿐이었다.

"네 추가시험 때문에 난 준비 기간을 일주일이나 써야 한단 말이다! 이게 얼마나 큰 문제인지 네 모자란 머리로 이해할 수 있겠어?! 내 연구가 하루 늦어지면 이 세상의 마술은 3년은 발전이 늦어진다고! 애당초 나 같은 인재는 네놈 같은 열등생을 상대하고 있을 여유가 없단 말이다! 그러니 너도 조금은 나에게 미안한 마음을……."

"그런 거야?"

그러자 리엘은 살짝 눈을 뜨더니 할리 앞에서 손가락을 굽혀가며 뭔가를 계산하기 시작했다.

"……하루에 3년이니까…… 일주일이면…… 으음…… 그러니까 삼칠에…… 24년?"

"""……"""

할리, 시스티나, 루미아는 미묘한 표정으로 입을 다물 수밖에 없었다.

"어때? 놀랐지? 나, 요전에 구구단 배웠다?"

리엘은 무표정이긴 해도 어딘지 모르게 자랑스러운 듯 가슴을 폈다. 할리의 손에 매달린 채로…….

"하지만 큰일이네. 앞으로 24년이나 이 세상에 새로운 마술이 탄생하지 않을 거라니……. 할리 때문에. 24년이나."

"""……"""

"할리는 전 세계의 마술사에게 그 24년을 사과해야 해."

"말꼬리 잡지 마!"

그제야 정신을 차린 할리는 리엘의 몸을 좌우로 격하게 붕붕 휘둘렀다.

"비유다! 비유! 듣는 내가 더 창피하니까 24년은 금지! 애당초 계산이 틀렸어! 처음부터 구구단을 다시 배워! 아니, 그보다 그게 왜 내 탓이냐고 빌어먹을! 전부 네놈이 낙제점을 받은 탓이잖아! 그리고 나는 태클을 너무 많이 거는 거 아닌가?!"

그 순간—.

"아."

마침 리엘의 눈에 복도 벽에 걸린 시계가 들어왔다.

딱 세 시였다.

그러자 리엘은 할리의 손에 매달린 채로 품속에서 부스럭부스럭 종이봉투를 꺼내서 입구를 벌렸다.

안에 들어 있는 건 딸기 타르트였다.

"……엥?"

전혀 예상치 못한 행동에 굳어버린 할리를 무시한 리엘은 마치 나무열매를 먹는 다람쥐처럼 딸기 타르트를 먹기 시작했다.

"""……"""

할리, 시스티나, 루미아는 다시 입을 다물 수밖에 없었다.

"이봐…… 너, 사람이 말하는 도중에 대체 뭘 하는 거지?"

"……? 세 시는 간식 먹는 시간."

리엘은 왜 그런 걸 묻느냐는 듯 살짝 눈썹을 찡그리더니 다시 딸기 타르트를 먹기 시작했다.

"잠깐만! 리엘……?!"

"그, 그건 아무래도 좀……."

시스티나와 루미아는 조마조마한 심정으로 상황을 지켜보았다.

그리고 분노가 임계점을 돌파한 할리는 묘하게 차분한 표정과 목소리로 물었다.

 "호, 호오? 네, 네놈은 지금 내 설교와 딸기 타르트 중에 대체 뭐가 더 중요하다고 생각하는 거지?"

 "딸기 타르트."

 즉답. 그야말로 한 치의 틈조차 없이 튀어나온 즉답이었다.

 "그, 그런가. 그래……."

 시스티나와 루미아가 서로를 얼싸 안고 지켜보는 가운데, 할리는 관자놀이에 핏줄을 세우며 온 몸을 부들부들 떨기 시작했다.

 "웃기지 마아아아아아아아아아아아아아아아아!"

 그리고 결국 대폭발.

 "좋다! 그렇게까지 딸기 타르트가 좋다면 이렇게 해주마!"

 할리는 묵묵히 딸기 타르트를 먹는 리엘의 이마에 손가락을 들이댔다.

 "《내 이름으로 명하노라》!"

 "하, 할리 선생님?! 그 주문은……!"

 시스티나가 당황하는 한편, 할리는 리엘의 이마 정중앙에 룬 문자를 겹치듯 적어 넣었다. 그리고 마력이 파직거리며 스파크를 일으키자 리엘의 몸도 움찔 떨리더니 손에 든 딸기 타르트가 바닥으로 떨어졌다.

 "흥!"

할리는 멱살을 잡은 손을 놓았고 리엘은 그 자리에 힘없이 주저앉았다.

"······어?"

리엘은 이상하다는 듯 바닥으로 떨어트린 딸기 타르트를 향해 손을 내밀었다.

하지만 그 손은 그녀의 의사와 관계없이 도중에 정지해버리고 말았다.

"어? ······어라?"

눈을 깜빡거리며 계속 딸기 타르트에 손을 내밀었지만 몇 번을 해도 마찬가지였다. 리엘의 손은 절대로 딸기 타르트에 닿지 않았다. 마치 무의식이 딸기 타르트에 닿는 것을 거부하는 것처럼······.

"큭큭······ 이상하지? 리엘 레이포드."

식은땀을 줄줄 흘리면서 새파랗게 질린 리엘에게 할리는 안경을 올려 쓰더니 마치 지옥의 심판관처럼 잔혹하게 선언했다.

"백마의(白魔儀)【기아스】. 이건 내가 네놈에게 내린 저주다!"

기아스.

피술자의 행동을 제약하는 마술이다. 이 마술에는 매우 강력한 강제력이 있기에 제약을 거스르는 건 불가능에 가깝다.

"네놈은 내가 이 마술을 풀어주지 않는 한 평생 딸기 타르트를 먹지 못하게 된 거다!"

"……?!"

바로 이 순간, 리엘은 인생 최대의 충격에 사로잡혔다. 늘 멍~한 표정이었던 얼굴이 경악과 절망으로 새파랗게 물들었다.

오늘 세상이 멸망한다는 소식을 들었어도 이 정도까지는 아니리라.

"흥! 네놈이 일주일 후에 내가 준비한 시험문제를 전부 통과한다면 그 기아스를 풀어주지! 하지만 만약 날 이렇게 번거롭게 했는데도 통과하지 못한다면 넌 평생 그대로다! 각오해!"

할리는 그 말을 끝으로 씩씩거리며 떠나갔다.

"리, 리엘?!"

"괘, 괜찮니?!"

힘없이 주저앉은 리엘에게 시스티나와 루미아가 달려왔다.

"……"

하지만 리엘은 반응하지 않았다. 반응할 수 없었다.

영혼이 빠져나간 표정으로 바닥에 떨어진 딸기 타르트를 그저 하염없이 바라볼 뿐.

리엘의 인생에 찾아온 최대의 위기는 이렇게 막을 올렸다.

"까놓고 말해 하피 선배의 심정도 이해는 가니까 손쓸 방법이 없어!"

방과 후의 교실. 자세한 사정을 들은 글렌은 머리를 부여
잡고 외쳤다.

지금 글렌 앞에는 시스티나와 루미아, 그리고 딸기 타르
트를 봉인당한 충격으로 평소보다 더 인형 같아진 리엘이
서 있었다.

특무분실 시절의 그녀도 감정 없는 인형 같았지만 솔직히
이 정도는 아니었다.

글렌은 동정심과 어이없음이 반반씩 뒤섞인 표정으로 한
숨을 내쉬었다.

"할리퀸 선배는 확실히 엄청 우수한 데다 바쁜 사람이야.
그런 와중에 이 밉살스러운 녀석의 추가시험 감독관을 받아
들여준 것만으로도 감사한 일인데 이 바보는…… 아, 진짜!"

글렌이 머리를 움켜잡고 꽉꽉 조였지만 리엘은 전혀 반응
이 없었다.

"방식이 어른스럽지 못하다든가, 여러모로 지나친 감이 없
잖아 있지만! 아무튼 이 상황에서 내가 선배한테 부탁한다
고 용서받는 건 불가능해! 너희도 알잖아?"

"그야 그렇겠죠."

시스티나는 한숨을 내쉬었다.

"아무튼 기아스는 기본적으로 저주를 건 술자 본인밖에
풀지 못하는…… 그런 마술이야. 이젠 성실하게 추가시험을
통과하는 수밖에 없어. 알겠냐? 리엘. 이제 슬슬 각오를 다

지라고."

"응. 알았어. 각오할게."

그러자 껍데기만 남은 것 같았던 리엘은 자아가 돌아온 것처럼 대답했다.

"나, 그냥 죽을래. 안녕."

그리고 공허한 눈으로 고속 연성한 대검을 목에 들이밀었다.

"""멈춰, 리에에에에에에에에에에에에에엘!"""

글렌과 시스티나와 루미아는 황급히 달려들어서 막았다.

……시작부터 고생길이 훤했다.

그렇게 해서 리엘은 다시 딸기 타르트를 먹는 일상을 되찾기 위해 시험공부를 시작했다.

리엘이 이번에 통과해야 하는 추가시험은 어설트 스펠 실기시험과 마술약 조합 실기시험, 그리고 몇 가지 필기시험이었다.

"걱정하지 마! 리엘. 같이 힘내보자!"

"응. 우리가 공부를 도와줄게."

"……응! 나, 열심히 할게!"

시스티나와 루미아의 격려를 받은 리엘은 필사적으로 공부했다.

역시 다시 딸기 타르트를 먹고 싶은 것이리라. 평소보다 훨씬 집중력이 좋았다.

이대로 성실하게 공부하면 추가시험쯤은 통과할 수 있을 터.

하지만 문제는 글렌 일행이 그런 생각을 하자마자 발생했다.

"즉, 이 열 에너지 변환 술식은……."

방과 후의 교실에서 글렌은 리엘에게 공부를 가르쳐주고 있었다.

"으……."

하지만 공책에 마술식을 받아 적던 리엘의 손이 별안간 덜덜 떨리기 시작했다.

"리, 리엘? 너 지금……."

"……으……아, 아아……아."

그 떨림은 점점 커지더니 결국 몸 전체로 퍼져 나갔다.

리엘은 마음이 어딘가로 떠난 듯한 공허한 눈으로 고통스런 신음을 흘렸다.

"으아아아아아아아아아아아아아아아아아!"

이윽고 그녀는 머리를 부여잡고 비명을 지르더니 바닥을 마구 뒹굴기 시작했다.

"따, 딸기 타르트…… 딸기 타르트으으으으으으으으으!"

"또 발작이군! 루, 루미아!"

"아, 예!"

글렌이 부르자 황급히 달려온 루미아는 딸기 타르트가 든 종이봉투를 리엘에게 내밀었다.

"괜찮아! 진정해! 리엘! 자, 차분히 깊게 들이마셔!"

"쓰읍~! 하~! 쓰읍~! 하~! 으⋯⋯."

그리고 그대로 얼굴에 가져다대고 안의 냄새를 맡게 했다.

덕분에 리엘의 발작은 서서히 가라앉았다.

"설마 딸기 타르트가 너무 먹고 싶어서 금단증상이 일어날 줄은⋯⋯ 이건 맹점이었군."

"으음⋯⋯ 딸기 타르트는 무슨 위법 약물이었나요?"

그 광경을 지켜본 글렌은 끔찍하다는 표정을, 시스티나는 어처구니가 없는 표정을 지었다.

"그건 그렇고⋯⋯ 영 진도가 안 나가는구만."

글렌은 한숨을 내쉴 수밖에 없었다.

리엘이 틈만 나면 딸기 타르트 금단증상을 일으키는 탓에 시험공부 진도가 거의 나가지 않았다.

애초에 리엘의 성적은 궤멸적인 수준이다. 군 소속 마도사이지만 일부 마술 분야에만 특화되어 있는 탓에 일반적인 마술사와 같은 기준으로 성적을 평가할 때는 전혀 도움이 되지 않았다.

"이래서야 추가시험 날까지 버틸 수나 있을지⋯⋯."

"버틴다고 해도 시험을 망칠 게 불 보듯 뻔하니⋯⋯ 하아~."

이 절망적인 상황에 글렌과 시스티나는 머리를 싸맬 수밖에 없었다.

"흠하하하하하하하하하하하하! 이야기는 들었다, 글렌 선생! 이 몸에게 맡겨다오!"

하지만 마술학원의 마도공학 교수 오웰 슈더가 교실 문을 세차게 열고 등장한 순간—.

"《위대한 바람이여》!"

"《적색의 고양이여·분노에 몸을 맡기고·사납게 울부짖어라》!"

시스티나가 날린 돌풍이, 글렌이 날린 화염구가 오웰의 몸을 후려치고 폭발했다.

"으갸아아아아아아아아아아아아아아아아?!"

글렌은 복도 쪽으로 날아간 오웰에게는 눈길도 주지 않고 살며시 문을 닫았다.

"그건 그렇고 어쩌면 좋지? 이대로 가면 리엘은……."

"예. 뭔가 대책이 필요하겠어요."

그리고 아무 일도 없었던 것처럼 심각한 표정으로 시스티나와 의견을 나누었다.

"이봐, 너무하잖아! 내 영원한 라이벌이자 소울 프렌드인 글렌 선생!"

하지만 그 정도로는 매가 부족했는지 오웰은 그을음투성이에 너덜너덜해진 모습으로 다시 문을 열고 교실 안으로 들어왔다.

글렌은 혀를 찰 수밖에 없었다.

"에잇! 사람이 모처럼 원만하게 폭력적으로 무시해줬더니만! 네가 끼어들면 상황이 골치 아파지니까 싫다고! 돌아가!"

"훗! 이것이 바로 츤데레인가. 걱정하지 말게, 소울 프렌드여! 말하지 않아도 알아! 최근 이 우주에는 츤데레의 숭고함을 이해하지 못하는 통탄스러운 풍조가 만연하고 있지만, 내 눈을 속일 수는 없지! 그렇게까지 글렌 선생이 날 의지하고 있다면 나도 그 기대에 보답해줄 수밖에 없겠군!"

"넌 대체 어느 우주 출신인데?! 사람 말 좀 들어! 무시하지 말고!"

예상대로 이쪽의 말은 귓등으로도 듣지 않은 오웰이 품속에서 약병을 하나 꺼냈다.

"이런 일도 있을까 해서 발명해둔 비장의 마술약 『DSY』다!"

"D, DSY……? 그, 그건 또 뭔데?"

"『딸기 타르트를 싫어하게 되는 약』이다. 이 약을 한 모금 마시면 어머나 세상에! 누구나 딸기 타르트를 보기만 해도 혐오감이?!"

"그, 러, 니, 까, 넌 도대체 매번 무슨 사태를 상정한 발명을 하고 있는 거냐고오오오오오!"

글렌은 오웰의 머리통을 양손으로 붙들고 거칠게 좌우로 흔들었다.

이젠 진심으로 연을 끊고 싶었다.

"뭐, 일단 들어봐. 실은 우연히 모든 의존증에 효과적인 마술식을 떠올려서 그걸 마술약의 형태로 재현한 거다."

"뭐?"

"모든 신체적, 정신적 의존증은 당사자의 관심 대상이 일으키는 뇌내 쾌락물질의 이상 발생에 기인하고 있지. 난 그걸 마술로 반전시키는 것에 성공한 거다. 즉, 처음부터 그것이 관심을 받지 못하는 대상⋯⋯『비호감』의 대상이 되면 증상은 깨끗하게 해소될 터!"

"아⋯⋯!"

글렌은 경악했다.

백마술에는 수많은 인식조작 마술이 존재하지만 인간의 근본적인 취향을 변질시키는 건 그중에서도 초고난도의 마술에 속했다. 인식조작이란 본인 시점에서 모순이 존재하지 않는 것이 대전제가 되어야 하기 때문이다.

그러하기에 의존증이라는 명칭이 붙을 정도로 심각한 정신 질환의 치료는 초일류 백마술사에게도 결코 쉬운 일이 아니었다.

"마, 말도 안 돼⋯⋯. 그런 마술식을⋯⋯ 마술약 같은 아무나 재현할 수 있는 걸로 만드는 게 가능하다면⋯⋯ 담배, 술, 도박 중독 따윈 문제도 안 돼! 위법물약 중증 중독자까지 구할 수 있을 거라고! 이건 법의학의 엄청난 진보야!"

"그래! 난 그걸 딸기 타르트에 응용한 거다!"

"아니, 왜 하필 딸기 타르트냐고!"

홍소를 터트린 오웰에게 글렌은 두통이 났다.

"아니, 그보다 너! 당연히 그 약의 조합법은 문장으로 남겨둔 거겠지?!"

"뭐?! 천재인 이 몸이 그런 성가신 짓을 할 리 없잖아? 그딴 것보다 백만 배는 더 쓸모 있는 『표지만 봐도 추리소설의 진범을 알 수 있는 안경』을 연구하고 있었더니 그딴 쓰레기 같은 약을 만드는 법 따윈 완전히 깨끗하게 까먹었다!"

"야, 이 자식아아아아아아아아아아아아아아아아아아!"

어째서 이 남자는 늘 세계의 발전을 위해 주야장천 성실하게 연구하는 마술사들에게 대놓고 싸움을 거는 것일까.

"그보다…… 선생님."

시스티나는 그런 글렌에게 눈살을 찌푸리며 말을 걸더니 눈짓을 했다.

그 시선 너머에서는 루미아가 리엘에게 공부를 가르쳐 주고 있었다.

"응, 그거야. 그거. 그러니까 리엘. 적마정석의 마술적인 특징은……."

"응. 적마정석은 빨개. 근원소(根源素)의 트램 배열에 불이 많이 포함돼서 딸기처럼 빨개. ……응, 딸기처럼. ……딸기…… 딸기 타르트?! 아, 아아아아아아아아아아!"

"리엘?! 진정해!"

리엘이 그렇게 악전고투하는 모습을 보면서 시스티나는 말했다.

"어쩌죠? 불길한 예감밖에 안 들지만, 오웰 선생님의

『DSY』를······ 리엘에게 써볼까요?"

"음······."

"딸기 타르트 문제를 빼도 어차피 시험은 통과해야만 해요. 이대로면 제대로 공부를 할 수 없으니······ 일시적이나마 딸기 타르트에서 관심을 돌리는 편이 낫지 않을까요?"

"으으으으으음······."

글렌은 눈을 굳게 감고 팔짱을 낀 채 숙고했다. 그렇게 긴 고민 끝에 그가 내린 결론은······.

······시간은 쏜살처럼 흘러갔다.

할리가 감독관을 맡은 추가시험 날은 눈 깜짝할 사이에 찾아왔다.

시험을 보는 건 방과 후다.

오늘의 첫 번째 시험인 『어설트 스펠 실기 시험』을 치르는 마술 경기장에는 시험 감독관인 할리와 수험생인 리엘 그리고 그런 그녀를 지켜보는 글렌, 시스티나, 루미아가 모여 있었다.

"흥. 리엘 레이포드······ 마음의 준비와 각오는 됐냐고 묻고 싶은 참이다만······."

시험 시작 시간이 다가오자 할리는 거만한 태도로 리엘을 돌아보았다.

"······너, 정말 괜찮은 거냐?"

하지만 할리조차 절로 표정이 굳으며 기겁할 정도로 현재 리엘의 모습은 이상했다.

"응. 문제없어."

리엘의 대답은 평소처럼 짧았다.

하지만 그녀의 눈은 실핏줄이 터진 채 날카롭게 곤두서 있었고 동공에는 증오의 불길이 형형하게 타오르고 있었다. 거기다 눈 밑에 짙은 다크서클까지 드리워진 그 모습은 완전히 다른 사람이라 해도 과언이 아니리라.

머리에는 『악과멸살(惡菓滅殺)』이라 적힌 머리띠를 두른 데다 거기에 불이 붙은 초 두 개를 세워 꽂았다. 팔에는 『딸기 타르트 박멸 위원회』의 완장. 교복 위에 입은 조끼에는 『No strawberry tart』, 『It's evil』이라는 로고와 함께 딸기 타르트를 짓밟아 부수는 그림이 그려져 있었다. 그리고 무슨 이유에선지 리엘은 옆에 세워둔 통나무에 딸기 타르트를 가져다 대고 못질까지 하고 있었다.

"……정말 무슨 일이 있었던 게 아니고?"

할리는 뒷걸음질을 치며 물었다.

"별로. 아무 일도 없었어."

리엘은 눈동자만 히번덕거리며 할리를 노려보았다.

"난 정말로 증오해야 하는 적, 이 세상에서 진정으로 타도해야 할 적을 알게 된 것뿐."

"어? 그, 그래?"

"응. ……그것은 바로 딸기 타르트. 사람을 현혹시키고, 타락시키는 이 마성의 음식만은 이 세상에서 완전히 없애버려야만 해. 이것은 전 인류를 위험한 길로 이끄는 만악의 근원이니까."

"?????"

리엘의 도무지 이해할 수 없는 언동에 할리는 눈을 가늘게 뜬 채 비지땀만 철철 흘렸다.

"어, 어어? 리엘 레이포드…… 넌 딸기 타르트를 굉장히 좋아하던 게 아니었나?"

"흥. 딸기 타르트? 듣기만 해도 구역질이 치미네."

"구, 구역질?!"

할리는 경악한 눈으로 이상해진 리엘을 바라보았다.

"저, 저기요. 선생님. 리엘은 괜찮을까요? 역시 저희가 실수한 걸지도……."

그런 둘의 모습을 지켜보던 시스티나가 굳은 표정으로 옆의 글렌에게 물었다.

"뭐, 감정을 반전시키는 종류의 마술인 것 같으니 저토록 딸기 타르트를 미워하는 건 그만큼 딸기 타르트를 좋아했다는 반증이겠지."

"그렇다고 저렇게까지……."

시스티나는 한숨을 내쉬며 다시 리엘을 돌아보았다.

"어, 어쩔 수 없잖아! 애초에 딸기 타르트 금단증상이 너무 심해서 제대로 공부조차 할 수 없었는걸! 이건 너도 납득했던 일이잖아?!"

슬슬 뭔가가 잘못됐다는 걸 눈치챘음에도 글렌은 자신이 심사숙고 끝에 내린 결론의 정당성을 주장했다.

"그 바보 자식이 만든 약으로 딸기 타르트에 대한 감정이 뒤바뀐 덕분에 금단증상이 싹 가라앉았어! 덕분에 본격적으로 마술 공부와 훈련에 매진할 수 있게 됐지! 게다가 어째선지 집중력도 엄청 좋아져서 겨우 일주일 만에 추가시험을 통과할 수준까지 성장했으니 더없이 훌륭한 결과잖아! 그 변태 자식의 약을 쓰지 않았으면 우린 절대로 이 절체절명의 위기를 벗어나지 못했을 거라고!"

"그건 그럴지도 모르지만……."

시스티나는 리엘 쪽을 힐끔 쳐다보았다.

"나 미워……! 딸기 타르트가 미워! 없애버리겠어! 이 세상에서…… 하나도 남김없이! 후욱! 후욱!"

리엘은 흥분한 채 씩씩거리며 할리에게 다가갔다.

"응…… 이 세상의 모든 딸기 타르트를 내 뱃속에서 없애버릴 거야! 이로 잔혹하게 깨물어 부수고 위액으로 무참하게 소화하고 흡수해서 내 일부로 만들고 말겠어!"

"……그거 그냥 평범하게 먹고 싶다는 거 아니냐?"

"슬슬 한계가 온 게 아닐까요?"

"……."

시스티나의 냉정한 분석과 지적에 글렌은 입을 다물 수밖에 없었다.

"미운 딸기 타르트를 먹어서 없애버리기 위해 필사적으로 공부에 매진한다니…… 약이 미묘하게 안 들은 거 아닌가요? 어째 얀데레처럼 변했다고 해야 할지…… 정말 저대로 둬도 괜찮은 거예요?"

글렌은 그 질문에 대답할 수 없었다.

한편, 리엘은 할리를 상대로 큰소리를 치고 있었다.

"자! 할리! 어서 시험을 시작해! 내가 한 시라도 빨리 딸기 타르트를 이 세상에서 없애버리게 해줘!"

할리는 역시 이 머리가 이상한 녀석은 그냥 무시하면 좋았을 거라고 후회하면서 오늘의 첫 시험 준비를 시작했다.

'제길! 리엘 레이포드…… 날 얕보는 거냐!'

하지만 할리는 첫 번째 시험을 준비하는 사이에 냉정함을 되찾았다.

돌이켜 보면 자신은 저 기이한 모습과 언동에 휘둘리고만 것이다. 늘 얼음처럼 냉정한 사고를 유지해야 하는 마술사로서 해선 안 되는 실수였다.

'큭! 어차피 전부 글렌 레이더스의 계획이었겠지! 리엘 레이포드의 엉뚱한 소릴 들은 내가 동요한 틈을 타서 상황을 유리하게 바꾸려고? 이 교활한 놈!'

곰곰이 생각해보면 이건 항상 할리가 글렌에게 한 방 먹었을 때의 황금 패턴이었다.

냉정하게 생각하면 생각할수록 잠시나마 리엘 따위에게 위축되었다는 사실이 화가 났다. 어차피 이건 전부 글렌 레이더스의 작전이었을 텐데 말이다.

'흥…… 딸기 타르트가 싫다고? 웃기지 마라. 리엘 레이포드가 엄청난 딸기 타르트 애호가라는 건 이미 의심할 여지가 없는 사실일 터! 아무리 기아스에 걸렸다지만, 묘한 허세를 부리다니…… 아주 건방져! 내가 그 가면을 벗겨주마!'

할리는 어두운 눈빛으로 뭔가를 계속 중얼거리는 리엘을 흘겨보며 한층 더 복수심을 불태웠다.

그렇다. 사실 그가 리엘의 추가시험 감독관을 받아들인 건 오로지 복수를 위해서였다.

'이번에야말로 네놈이 앗아간 내 모발과, 네놈이 파괴한 내 연구실의 원한을 갚아주지!'

그렇게 시작된 첫 번째 시험 내용은 어설트 스펠…… 마술 저격 시험이었다. 멀리서 표적을 향해 어설트 스펠을 쏴서 정확하게 맞추는 방식이었다.

쉽다고 생각하지 말지어다.

주문을 발동하는 것 자체는 정해진 마술식과 주문을 외우고 기초적인 마력 추출 호흡법을 익혔다면 — 즉, 제대로 공부했다면 — 그리 어려운 일은 아니다.

하지만 문제가 되는 건 마술을 발동하는 다섯 공정에^{퀀트 액션} 필요한 마력 제어와 집중력이었다.

이것들은 훈련을 통해 감각적으로 익혀야 하는 영역이다.

그리고 이걸 자신의 것으로 체화하지 못했다면 주문은 노린 곳을 맞추기는커녕 스치지도 못하리라. 자칫하면 불발, 최악의 경우에는 폭발할 위험도 있었다.

표적을 노리고, 집중하고, 멀리 쏘고, 정확히 맞추는 것.

마술 저격에는 마술을 쓸 때 필요한 이 모든 기초가 요구된다. 이렇듯 마술 저격 기술은 모든 고위 주문을 익히기 위한 기본 토대였기에 마술 저격을 단련하는 건 마술사로서의 기본 중 기본이었다.

"훗, 난 알고 있다. 리엘 레이포드…… 네놈이 이 마술 저격에 특히 서툴다는 사실을!"

할리는 표적을 배치하면서 조소했다.

그렇다. 리엘은 마술 저격이 서툴렀다.

이런저런 사정으로 정상적인 성장 과정을 거치지 못한 리엘은 당연히 마술도 정상적인 과정으로 배우지 못했다. 그녀가 주력으로 쓰는 고속 연금술은 사실 거의 금주(禁呪)에 가까운 마술이었다.

그러다 보니 이런 기초적인 기술과는 상성이 몹시 나빴다.

"미리 말해두지만, 이제부터 네놈이 마술로 저격해야 하는 표적은…… 단 하나라도 놓치면 실격이다! 이건 추가시험이니 말이지!"

그리고 할리가 양손을 펼치자 리엘의 100미트라 앞에 표적들이 나타났다.

"아앗?!"

그것들을 본 글렌은 무심코 비명을 질렀다.

"거짓말……."

"저, 저건……!"

시스티나와 루미아도 아연실색할 수밖에 없었다.

인간으로 치면 머리, 가슴, 배, 팔, 다리가 전부 딸기 타르트로 이루어진 표적들이 공중에 떠 있었기 때문이다.

"큭큭…… 어떠냐. 리엘 레이포드…… 이번에는 내가 특별히 네놈을 위해 딸기 타르트로 표적을 만들어 봤다!"

게슴츠레한 눈으로 뺨을 실룩이는 글렌 일행 앞에서 할리는 가슴을 펴고 당당하게 선언했다.

"감히 누굴 속이려고! 아무리 그렇게 허세를 부려봤자 네놈이 딸기 타르트를 버릴 수 있을 리가 없지! 큭큭, 어떠냐. 괴롭지? 사랑하는 딸기 타르트를 내 손으로 파괴해야 한다니! 이러면 도저히 마력 제어에 집중할 수 없겠지? 으하하하하! 과연 네놈이 쏠 수나 있을까? 리엘 레이포드, 네놈은 여기서 끝이다!"

'어른스럽지 못하긴.'

'진짜 어른스럽지 못하시네.'

'어른스럽지 못하셔.'

지금 이 순간, 글렌과 시스티나와 루미아의 속마음은 완벽히 일치했다.

"저기…… 선생님? 할리 선생님, 왠지 성격이 좀 변하신 거 아닌가요?"

"음~ 신경질적이고 완고한 편이긴 해도 평소에는 좀 더 성실한 사람인데 말이지~."

"왠지 리엘만 끼면 갑자기 유치해지시는 것 같아요. 대체 왤까요?"

불구대천의 적인 것처럼 보여도 의외로 저 둘은 사이가 좋은 걸지도…….

그렇게 저쪽에는 안 들리도록 작은 목소리로 대화를 나누는 사이—.

척!

리엘은 정위치에 서서 저 멀리 떠 있는 인간 형태의 딸기 타르트와 대치했다.

그리고 싸늘하게 가라앉은 눈빛으로 딸기 타르트가 무슨 쓰레기라도 되는 것처럼 쳐다보며 입을 열었다.

"날 얕보지 마, 할리."

"뭐라고?"

"난 이미 딸기 타르트를 완전히 극복했어. 이렇게 대치하고 있어도…… 더는 아무런 감정도 들지 않아."

지옥 밑바닥에서 울리는 듯한 음산한 목소리로 중얼거린 리엘은 딸기 타르트를 향해 왼손 검지를 내밀고 외쳤다.

"《죽어》!"

그러자 100미트라의 거리를 일직선으로 뛰어넘은 흑마 【쇼크 볼트】가 딸기 타르트를 파괴했다.

"《꺼져》!"

딸기 타르트를 파괴했다.

"《사라져버려》어어어어어!"

딸기 타르트를 파괴, 파괴, 파괴…….

리엘의 손가락에서 발사된 전격은 그녀가 사랑했던 딸기 타르트들을 무자비하고 가차 없이 정확하게 꿰뚫어서 파괴했다.

"이, 이럴 수가! 전부 명중……?!"

어느새 정신을 차리고 보니 그 자리에 남은 건 땅 위에 무참하게 흩어진 딸기 타르트의 잔해뿐이었다.

"시, 심지어 즉흥 개변한 한 소절 영창으로?! 세 소절 영창조차 서툰 네놈이 대체 어느새 그런 기술을?!"

"아직도 모르겠어, 할리?"

리엘은 전율에 휩싸인 할리에게 담담한 목소리로 고했다.

"『증오는 인간을 강하게 한다』. ……이건 진리야."

"큭?! 이럴 리가 없는데……!"

만점을 줄 수밖에 없게 된 할리는 분한 얼굴로 침음성을 흘렸다.

"그건 그렇고 리엘 레이포트……. 너, 지금 살짝 울었지?"

"아, 안 울었어."

리엘은 부들부들 떨면서 손등으로 눈가를 훔치더니 산더미처럼 쌓인 딸기 타르트의 잔해를 미련이 줄줄 남는 눈으로 흘겨보았다.

"나, 난 미워! 날 이토록 괴롭게 하는 딸기 타르트가 정말 밉단 말야! 그러니 이건 내가 파괴한 딸기 타르트를 보고 속이 시원해져서 나온 거야! 그냥 그런 거라구!"

"으음…… 선생님? 일단 여기서 한 말씀."

"먹을 걸 함부로 하지 마라."

한편, 시스티나가 게슴츠레한 눈으로 질문을 던지자 글렌은 지극히 옳은 의견으로 이 자리를 마무리했다.

아무튼 리엘은 마술 저격 시험에서 최고의 성적을 거두는 데 성공했다.

다음 추가시험은 이번에도 리엘이 잘 못하는 마술약학 시험이었다.

마술 경기장에서 교내에 있는 마술약 조합실로 시험장을

옮긴 할리와 리엘은 조용히 대치했다.

마술약 조합 시험 방식은 지극히 심플하다.

시험 감독관이 문제로 낸 마술약을 제한된 시간 안에 조합하는 것. 그리고 실제로 사용해서 그 효과를 증명하는 것.

그때 약의 효과나 조합 실력 등을 종합적으로 평가하여 점수를 매기는 식이었다.

"자, 그럼…… 리엘 레이포드. 내가 네놈에게 제시할 과제는 『치유의 연고』다."

치유의 연고란 상처를 치료하는 법의 주문을 마술약의 형태로 재현한 것이었다.

마술약은 크게 사용한 순간에 효과를 발휘하는 『즉효형』과 사용한 후에 쓴 마술의 효과를 상승시키는 『촉매형』으로 나뉜다. 전자는 누구나 간편하게 쓸 수 있지만 후자는 전문 마술사만 쓸 수 있는 제한이 있는 대신 효과가 훨씬 강력했다.

그리고 이 『치유의 연고』는 그런 즉효형 마술약의 기본이자 오의(奧義)나 다름없는 약이었다. 단순한 것처럼 보여도 이것만으로 하나의 학문 분야가 생길 정도로 심오했다. 그러니 햇병아리 마술사인 학생에게 낼 문제로는 더할 나위 없다고 볼 수 있다.

"크크크, 하지만 학생이라면 누구나 만들 수 있는 3급품이라면 재미없겠지? 긍지 높은 알자노 제국 마술학원의 학생인 네놈은 2급 『치유의 연고』를 만들어줘야겠다!"

•

할리는 안경을 올려 쓰며 의기양양하게 말했다.

"좋았어! 예상 적중!"

그때 창문 너머에서 안쪽의 상황을 살피던 글렌은 주먹을 불끈 쥐었다.

치유의 연고는 특급, 1급, 2급, 3급으로 등급이 나뉘어져 있고 당연히 등급이 위일수록 요구 소재가 많을뿐더러 조합 난이도와 효과도 올라갔다. 그리고 2학년 과정에서 배우는 조합법은 보통 3급품이지만……

"선배라면 풀 수 없는 불합리한 문제는 내지 않아도, 틀림 없이 야비하게 비틀어서 낼 거라는 예상이 맞았어! 우수한 학생이라면 2학년 과정에서 2급품을 조합하는 건 그리 어려운 일도 아니니까!"

"예! 그래서 저희는 리엘에게 2급품의 조합을 반복 숙달시킨 거고요!"

"리엘, 힘내! 차분하게 하면 성공할 거야!"

글렌과 시스티나와 루미아의 응원을 받은 리엘은 조합대 위에 필요한 소재를 묵묵히 나열하고 선언했다.

"조합식, 개시."

그리고 빠르게 손을 움직이기 시작했다.

"『다섯 째 날은 명천(命天). 시각은 17. 이를 주최하는 것 은 에크렐과 티리엘』."

소형 화로에 불을 붙이고 조합용 솥에 마술용액을 부었다.^{알카헤스트}

『고추나물을 4로 달여서 에테르로 두 번 추출. 리코 기름을 1 추가. 3년 묵힌 물푸레나무 뿌리의 재 2를 둘로 나눠서 세 번 섞는다. 오늘 주최자는 티리엘이므로 장뇌(樟腦)를 빼고 아침에 딴 세이지를 한 꼬집』……."

소재를 척척 다듬고 솥에 넣어가며 조합을 진행하는 리엘의 모습은 할리가 무심코 눈을 부릅뜨고 신음을 흘릴 정도로 완벽했다.

"칫! 예상했던 거냐. 짜증나는군."

"좋았어! 리엘, 그대로만 해!"

"힘내! 리엘!"

마술약 조합이라고 하면 솥을 터트리는 것밖에 할 줄 몰랐던 리엘이 설마 여기까지 성장했을 줄이야.

글렌과 시스티나와 루미아는 찡한 감동을 느끼며 시험 상황을 계속 지켜보았다.

『오른쪽으로 세 번, 왼쪽으로 세 번. 세로로 두 번, 가로로 한 번. 이걸 하얗게 될 때까지 반복』……."

이윽고 리엘은 사발 안에 만들어진 흰색 크림을 주걱으로 저었다.

그 광경을 본 할리가 「제길. 이것도 통과하겠군」 하고 이를 악문 순간—

"『그리고 쿠키를 꺼내서 잘게 부수고 우유 한 스푼을 섞는다』."

"……응?"

리엘이 별안간 이상한 거동을 보이기 시작했다.

"어? 선생님. 치유의 연고를 만드는 과정에 저런 게 있었던가요?"

모두가 의아한 눈으로 지켜보는 가운데.

"『이걸 틀에 깔아 그릇으로 삼고 안에 크림을 붓는다』."

이윽고 리엘은 쿠키로 만든 그릇에 완성된 치유의 연고를 부었다.

"『딸기……는 없으니까 독딸기면 됨』."

그리고 해골 마크가 그려진 선반에서 딱 봐도 독이 있을 것 같은 색의 딸기를 꺼내 연고 위에 가득 얹었다.

"이걸로 완성. 할리, 자. 치유의 연고야."

"누가 딸기 타르트를 만들라고 했냐고오오오오오오!"

리엘이 싸늘한 눈으로 자신 있게 내민 것은 (겉모습만은) 완벽한 딸기 타르트였다.

"아니, 딸기 타르트가 아니야. 이건 완벽한 치유의 연고야."

"그럼 뭐냐 그 형태는! 심지어 독딸기까지 써서 재현하다니! 너, 딸기 타르트가 밉다는 건 거짓말이지?! 그냥 먹고 싶어서 참을 수가 없는 거지?!"

"아니야! 난 딸기 타르트가 미워! 이 세상에서 전부 없애 버리고 싶을 정도로! 이렇게!"

바삭!

"""아.""""

할리와 글렌과 시스티나와 루미아는 동시에 눈을 휘둥그레 떴다.

리엘이 유사 딸기 타르트를 한 입 먹었기 때문이다. 완전히 예상을 벗어난 그 행동에 이 자리의 모두가 굳어버릴 수밖에 없었다.

"······커헉!"

그러자 당연히 독딸기의 즉효성 맹독이 몸에 퍼진 리엘은 피를 토하더니 몸을 덜덜 떨기 시작했다.

"아구아구! 꿀꺽!"

하지만 리엘은 핏발이 선 눈으로 독딸기 타르트를 계속해서 먹었다.

그렇다. 이건 본질적으로는 딸기 타르트가 아니었기에 기아스에 걸리지 않고 먹을 수 있었던 것이다.

"이 바보가아아아아아아아?!"

할리가 리엘에게서 황급히 독딸기 타르트를 빼앗았고 글렌 일행도 서둘러 조합실 안으로 들어왔다.

"리엘?! 정신 차려!"

루미아와 시스티나는 눈이 하얗게 뒤집어져서 몸을 덜덜 떠는 리엘을 간호했다.

"에잇, 해독 촉매는?! 베조아르는 어디 있는 거냐아아아아!"

할리와 글렌은 해독제를 찾아 황급히 조합실 안을 헤집

고 다녔다.

마술약학 시험은 그렇게 모두가 허둥지둥대는 사이에 막을 내렸다.

황당한 결말로 마무리되긴 했지만 치유의 연고 자체는 제대로 만든 리엘은 간신히 커트라인을 넘길 수 있었다.

하지만 다음은 리엘 최대의 난관인 필기시험이었다.

"후우…… 후우…… 이, 이것만 끝나면……."

그저 지켜보기만 한 글렌 일행은 어째선지 완전히 녹초가 되어 있었다.

"서, 선생님…… 뭐, 알고는 계시겠지만…… 『DSY』의 효과가 거의 다된 거겠죠?"

"그래, 난 한 달은 갈 거라고 들었는데 말이지……."

"……리엘의 딸기 타르트를 향한 사랑이 약의 힘을 뛰어넘은 걸까요?"

하지만 이제 와서 한탄해봤자 소용없으리라.

이제 남은 건 리엘의 무사통과를 기도하는 것뿐이었다.

"후우~! 후우~! 빌어먹을! 역시 네놈 같은 머리가 이상한 학생의 일에 관여하는 게 아니었는데! 에잇, 마지막은 필기시험이다!"

타악!

할리는 특별 강의실에 오도카니 앉은 리엘의 책상 위에 시험지를 거칠게 내팽개쳤다.

"네놈이 낙제한 흑마술학, 백마술학, 연금술학, 소환술학, 수비술학, 점성술학……의 기본적인 지식을 복합적으로 골고루 출제했다! 이걸 통과하면 네 유급은 없었던 걸로 해주지! 그리고 기아스도 풀어주마! 자, 집중해서 풀도록!"

"응. 알았어. 미운 딸기 타르트를 이 세상에서 (내 위장 속으로) 없애버리기 위해…… 힘낼 거야!"

이렇게 해서 마지막 싸움이 시작되었다.

시작 신호와 동시에 시험지를 펼친 리엘은 깃털 펜에 잉크를 묻혔다.

한편, 글렌 일행은 바짝 붙어서 문에 달린 작은 창문너머로 시험실 안을 들여다보고 있었다.

"……리엘, 괜찮으려나?"

"일단 벼락치기긴 해도 가르칠 건 다 가르쳤어. DSY의 효과 덕분에 집중력도 높았고, 선배는 저래 봬도 공정한 사람이야. 문제를 비틀어서 내긴 하겠지만, 아예 풀지 못할 문제는 안 낼 거다. 지금의 리엘이라면 차분하게 풀면 통과할 수 있겠지……."

"힘내, 리엘……."

세 사람이 기도하는 심정으로 지켜보는 가운데, 리엘은

문제를 척척 풀어나가고 있었다.

'응. 다음 문제는…… 백마술? 『인간의 영혼은 열 개의 영역(靈域)으로 구성되어 있다. 이 세피라 안에서 마나 순환법으로 연성한 마력이 최종적으로 통과하는 외계와 내계의 경계가 되는 세피라의 명칭을 적으시오』. ……응, 이건 함정. 숨겨진 열한 번째 세피라인 『지식』이 정답.'

리엘은 묵묵히 순조롭게 문제를 풀었다. 풀고 또 풀었다.

거침없이 손을 움직이는 그녀의 모습에 할리가 분한 듯혀를 찼고 글렌 일행은 주먹을 굳게 쥔 채 응원을 보냈다.

이대로 가면 리엘은 무사히 필기시험도 통과할 수 있으리라.

세 사람이 그런 안도감을 느끼기 시작한 그때 사건은 일어났다.

"……리엘 레이포드, 네놈. 지금 대체 뭘 하는 거지? 성실하게 풀지 못할까!"

"……헉!"

거침없이 손을 움직이고 있던 리엘은 짜증이 섞인 할리의 목소리에 퍼뜩 놀랐다.

정신을 차리고 보니 자신은 답안지에 중간부터 딸기 타르트라는 단어만 연신 적고 있었다.

"대, 대체 왜……?"

리엘은 그것들을 잉크로 지우고 다시 문제를 풀기 시작했다.

'다, 다음은 연금술…… 『적마정석이 붉은 색채를 생성하는 주된 요인은 무엇인가』. 이, 이건…… 오리진의 트램 배열에 플레메아가 많이 포함되어 있어서 딸기처럼 빨갛게…… 응. 딸기처럼…… 딸기…… 딸기 타르트? 딸기 타르트?!'

부들부들. 덜덜.

리엘의 손이, 자그마한 어깨가 마치 학질에 걸린 것처럼 떨리기 시작했다.

"……아, 아아아아아아아아아아아아아아아악!"

그리고 화들짝 놀란 할리 앞에서 리엘은 머리를 감싸 쥐고 비명을 지르더니 괴롭게 몸부림치기 시작했다.

"또 뭔데?!"

"딸기 타르트으?! 딸기 타르트 먹고, 싶, 어어어어어억?!"

그 광경을 본 글렌 일행은 황급히 시험장 안으로 들어오려 했다.

"아차! 『DSY』의 효과가 다 떨어진 건가! 루미아! 어서 리엘에게 다시 한 번 『DSY』를!"

"아, 예!"

루미아가 리엘에게 DSY를 먹이려 했으나―.

"멈춰!"

할리가 그것을 막았다.

"지금은 시험 중이니 외부인이 수험생에게 접촉하는 건 금지다! 건드리는 즉시 실격 처리할 테니 그렇게 알도록!"

"큭?!"

너무나도 정당한 이유라 글렌 일행은 반박할 여지도 없었다.

"으아, 아아아아아아아아아아아아아아아아아아아아아!"

그러는 사이에도 리엘은 딸기 타르트 금단증상으로 괴로워하고 있었다.

"큭큭…… 역시나."

하지만 할리는 드디어 기회가 왔다는 듯 음험하게 웃기 시작했다.

"역시 네놈은 말만 그럴싸할 뿐 딸기 타르트를 완전히 극복하지는 못했군! 방금 확신했다!"

"아니, 알아차리는 게 너무 늦잖아요. 딱 봐도 알겠구만."

글렌이 태클을 걸었지만 할리는 들은 척도 하지 않았다.

"어때, 괴롭냐? 괴로워해라! 더 괴로워 해! 내 두발과 연구실의 원한을 뼈저리게 느껴보라고! 으하하하하하!"

"아아아아악! 으으으으으으으으으으으으으으으으윽!"

"뭐지? 이 요상한 구도는?"

솔직히 둘 다 하는 짓이 오십보백보였다.

그리고 할리는 괴로워하는 리엘 앞에서 무시무시한 폭거를 저질렀다.

"훗, 이제 이걸 보도록! 혹시 이런 일도 있을까 해서……."

품속에 숨겨둔 종이봉투에서…… 진짜 딸기 타르트를 꺼냈다.

"이 맛있어 보이는 딸기 타르트를 기아스 때문에 못 먹는 네놈 앞에서~."

덥석!

"아앗?!"

"세, 세상에……!"

"저, 저렇게 심한 짓을!"

새파랗게 질린 글렌 일행 앞에서 할리는 홍소를 터트렸다.

"으하하하하하! 인기 가게 아방튀르의 고급 한정품이다! 맛있군! 너무 맛있구나! 리엘 레이포드으으으으으으으!"

"아, 아아아, 으아아아아……."

머리를 감싸 쥔 리엘은 사막에서 물을 갈구하는 듯한 표정으로 자리에서 일어나 비틀비틀 걷기 시작했다.

"똑똑히 봐라! 이렇게 많이 남아 있는 한정 딸기 타르트들을! 내가 이것들을 전부 네놈 앞에서 먹어치워 주지! 분한가? 괴로운가? 으하하하하! 괴로워해! 더 괴로워하라고! 으하하하하하하하!"

"아아아아아아아아아! 으아아아아아아아아아! 제, 제발…… 그걸 나에게에에에에에에!"

울면서 필사적으로 할리에게 매달린 리엘이 딸기 타르트에 손을 내밀었지만…… 역시 기아스 때문에 손을 댈 수가 없었다.

"어떻게 저런……! 저게 진짜 사람이 할 짓이야?!"

"할리 선생님! 당신 피는 대체 무슨 색이죠?!"

"시끄럽다! 닥쳐! 이 애송이들아! 이 할리 아스트레이는 여태껏 이 녀석에게 당한 굴욕을 갚기 위해 악마에게 영혼을 판 남자다!"

할리는 여봐란 듯 딸기 타르트를 먹으며 선언했다.

"으음! 우물우물! 자, 계속 시험 문제를 풀도록! 이 몸이 딸기 타르트를 전부 먹어치우기 전에! 음! 우물우물! 음, 개인적으로 단건 싫어하는데 이건…… 나쁘지 않군!"

"아아아……아아아아아아……."

리엘은 온몸을 떨면서 절망한 표정으로 힘없이 자리에 앉았다.

"리, 리엘! 지지 마! 힘내! 시험만 통과하면 딸기 타르트를 얼마든지 마음껏 먹을 수 있다고!"

"그, 그래! 리엘! 조금만 더! 조금만 더 하면 돼!"

"힘내! 제발……!"

하지만 그런 글렌과 시스티나와 루미아의 응원은 리엘의 귀에 닿지 않았다.

"딸기타르트딸기타르트딸기타르트딸기타르트딸기타르트딸기타르트딸기타르트딸기타르트딸기타르트딸기타르트딸기타르트딸기타르트딸기타르트딸기타르트……."

고장 난 축음기처럼 같은 말만 반복하며 떨리는 손으로 펜을 쥐고 답안지에 하염없이 『딸기 타르트』라는 단어를 채

우는 작업만 반복했다. 정상적인 이성과 사고가 전혀 남지 않은 상태였다.

이미 리엘은 한계였던 것이다.

"으하하하하하하하하! 꼴좋구나! 리엘 레이포드으으으으으! 내 비원과 복수는 여기서 완성되었노라!"

"리에에에에에에에에에에에에엘!"

할리의 홍소와 글렌의 비명이 완벽하게 조화를 이룬 순간—

뚝!

뭔가가 끊어지는 소리가 들린 후.

쾅!

리엘의 전신에서 폭발적인 마력이 용솟음치며 주위의 책상과 창문을 모조리 날려버렸다.

"뭐, 뭐지?!"

"마, 마나가 연소하고 있어?!"

"이 기이한 파동은 대체!"

폭풍에 날아가지 않도록 버티는 글렌 일행 앞에서 리엘의 모습이 기이하게 변모하기 시작했다.

온몸에서 피어오르는 암흑 오라. 거인처럼 거대해진 존재감, 압박감. 어둠 속에서 진홍빛 겁화를 이글거리는 두 눈. 입에서 치이익 소리를 내며 흘러나오는 불꽃 같은 입김.

뭔가로 완전히 각성해버린 리엘의 모습이 거기에 있었다.

"서, 설마 마장성……?!"

"이 멍청아! 저건 고작 그 정도가 아니라고!"

전율에 휩싸인 네 사람 앞에서.

"딸기타르트같은게이세상에존재하니까인간은이토록괴로워하는거야……."

리엘은 고속으로 대검을 연성했다.

새카맣게 물든 불길한 조형의 대검은 평소의 세 배 이상 거대했다.

"즉, 딸기타르트라는죄업^{카르마}을탄생시킨이세상은, 멸망해야해, 멸망시켜야해, 그래야만해……."

그리고 압도적인 살기와 사기(邪氣)와 마기(魔氣)가 주위로 퍼져나갔다.

"자, 잠깐만! 리엘! 진정 좀 해……!"

"그, 그래! 내가 잘못했다! 장난이 너무 지나쳤어! 기아스는 그만 풀어주마! 시험도 통과한 걸로 해주지! 그, 그러니……."

글렌과 리엘이 폭주한 리엘을 진정시키려 했지만, 이미 늦었다.

리엘은 광기 어린 미소를 흘린 후.

"멸(滅)! 살(殺)!"

천천히 들어 올린 대검을 그대로 내리쳤다.

그리고 대폭발.

그 검에 담긴 무시무시한 마력이 성대하게 작렬하자 마술로 강화된 학교 건물은 글자 그대로 『반으로 쪼개지고』 말았다.

"예, 엄청난 싸움이었어요. ……글렌 선생님과 할리 선생님이 힘을 합쳐서 어떻게든 리엘을 봉인하려 했는데 전혀 상대도 안 되더라구요. ……아주 그냥 일방적이었죠."

"분명 인간과 마왕의 싸움도 이랬겠구나 싶더라구요."

그리고 그 자리에서 모든 것을 지켜본 두 여학생은 훗날 이러한 평을 남겼다 한다.

"자~ 그럼 이제 슬슬 리엘의 추가시험도 끝났겠지~? ……이건 또 뭐야?"

마술학원의 교수 세리카가 어느 교실 문을 열자 그 안에는 벽과 천장이 전부 날아간 황량한 들판이 펼쳐져 있었다.

문득 고개를 돌리니 시스티나와 루미아가 교실 구석에서 눈물이 가득한 눈으로 서로를 부둥켜안은 채 떨고 있는 모습이 눈에 들어왔다.

"……마, 말도 안 돼. 필살의 【익스팅션 레이】가……."

"이, 이럴 수가. 내 마술 오의들이…… 전혀 통하질 않다니……."

그리고 넝마가 된 글렌과 할리도 사이좋게 의식을 잃고 바닥에 널브러져 있었다.

 참고로 할리는 정수리의 모발이 모조리 깔끔하게 소멸한 상태였다.

 "······?"

 그리고 그런 참상 한복판에는 리엘이 평소보다 더 멍한 표정으로 서 있었다.

 마치 영혼이 빠져나가고 껍데기만 남은 것처럼······.

 "여, 리엘. 시험은 다 끝난 거냐?"

 하지만 세리카는 전혀 개의치 않고 리엘에게 성큼성큼 다가갔다.

 "······응. 아마, 끝났어. ······기억은 잘 안 나지만."

 "그래, 그런가. 일주일 동안 애 많이 썼다. 고생했어."

 그리고 그런 리엘의 머리를 살살 쓰다듬어주었다.

 "열심히 한 너에겐 상을 줘야겠지. ······자."

 세리카는 손에 든 종이봉투를 리엘에게 건넸다.

 그 안에는—.

 "······딸기 타르트?"

 "오냐. 그것도 그 유명한 아방튀르의 고급 한정판이거든?"

 "먹어도 돼?"

 "물론이지. 열심히 한 너한테 주려고 사온 거니까."

 세리카는 웃으면서 대답했다.

리엘은 잠시 그 딸기 타르트를 물끄러미 쳐다봤지만 곧 조심스럽게 입으로 가져갔다.

한 입 문 순간, 혀가 녹을 것처럼 달콤새콤한 맛이 입 안으로 상쾌하게 퍼져나갔다.

그러자 어딘가 공허했던 그녀의 눈동자에 빛이 돌아오기 시작했다.

"어때? 맛있냐?"

"응. 맛있어."

방긋.

세리카의 물음에 리엘은 정말 보기 드문 최고의 미소로 대답해주었다.

""후우~.""

그 광경을 본 시스티나와 루미아는 안도감과 피로가 뒤섞인 미묘한 한숨을 내쉬고 말았다.

……이렇게 해서 종합적으로 간신히 커트라인을 넘긴 리엘의 추가시험은 무사히 종료되었다. 그 후 할리는 한동안 리엘과 딸기 타르트만 보면 발작을 일으키는 PTSD에 시달리게 되었고, 감독 불이행이라는 명목으로 월급을 감봉당한 글렌은 돈이 없어서 식사를 제한할 수밖에 없는 『기아스』에 걸리게 됐지만…… 그건 여기서 자세히 언급할 필요는 없으리라.

비밀스런 밤의 신데렐라

Cinderella of the Secret Night

Memory records of bastard
magic instructor

"얘, 얘! 저기 좀 봐!"

"꺄악~! 이브 교관님이셔!"

쉬는 시간. 알자노 제국 마술학원의 복도에는 학생들의 날카로운 비명이 가득했고, 그곳에는 주위의 이목을 하나로 모은 여성의 모습이 있었다.

이브 디스트레. 제국 궁정 마도사단 특무분실의 전 실장이자 지금은 교내에 신설된 『군사교련 수업』을 전담하는 특별 강사.

그런 이브가 어둠 속에서도 선명히 타오를 듯한 홍염색 머리카락을 휘날리며 당당하게 복도를 걷고 있었다.

"하아~ 멋져. ……언제 봐도 홀딱 반해버릴 정도로 완벽해! 몸가짐도! 행동거지도!"

"그야 당연하지! 이브 씨는 어느 고귀한 가문의 영애이신걸!"

여학생들도─.

"그뿐만이 아니라고! 엄청난 미인에 스타일도 발군! 거기다 지적이기까지!"

"불꽃을 자유자재로 다루면서 싸우는 모습도 마치 전장의 여신처럼 멋지고!"

"수업시간엔 엄격하지만, 어딘지 모르게 자상하고 알기 쉽게 가르쳐주시는걸!"

"완벽해! 완벽초인이라는 단어는 이브 씨를 위해서 있는 말일 거야!"

남학생들도—.

"하아…… 저런 여성을 만난 건 태어나서 처음입니다. 가능하면 가까워지고 싶지만……."

"……저희에겐 그야말로 그림의 떡이죠. 그만 포기합시다, 라인하르트 선생님."

심지어 동료 남자 교사들마저 선망과 동경과 찬사의 눈으로 그런 이브를 멀리서 바라보고 있었다.

"칫……. 저런 여자의 대체 어디가 좋은 거야?"

하지만 복도의 벽에 기대고 선 글렌은 불만이 가득한 얼굴로 입술을 삐죽 내밀고 있었다.

"이야~ 옷에 화장에 향수에 악세서리에…… 아주 매일같이 고급품들로만 차려입고 다니시네!"

"선생님도 참! 아무리 이번 달 지갑사정이 빠듯해도 그렇지! 이브 씨한테 괜히 화풀이하지 마세요!"

그러자 시스티나가 핀잔을 주었다.

"시꺼! 네가 지금 내 심정을 알기나 해?! 아르바이트라도 뛰지 않으면 진짜 굶어죽을지도 모른다고!"

"그건 사고를 쳐서 감봉당하거나 돈을 함부로 막 쓰고 다닌 선생님 책임이잖아요! 자업자득이에요! 그리고 강사는 기본적으로 아르바이트 금지거든요?! 알기는 아세요? 또 감봉당하고 싶으신 거냐구요!"

참고로 글렌은 현재 웬 나뭇가지를 입으로 씹고 있었다.

교내에서 흔히 보이는 이 품종은 시로테라고 불리는 나무로 씹으면 그 안에서 나오는 수액에 포함된 당분을 조금이나마 섭취할 수 있었다.

그래서 이런저런 사정으로 늘 돈에 쪼들리는 글렌에겐 귀중한 생명줄인 동시에 빈곤함과 비참함의 상징이기도 했다.

"칫! 칫! 어차피 저 여잔 태어나서 지금까지 돈 때문에 고생해본 적 없을걸? 아아~ 부자라서 참 부럽구만~!"

"말 다했어?"

그때 마침 글렌의 앞을 지나가던 이브가 걸음을 멈추고 차가운 눈으로 흘겨보았다.

"지금의 난 이그나이트 공작가의 공녀도 뭣도 아니야. 그저 이브일 뿐. 그런데도 나와 당신이 이토록 큰 차이가 나는 건 인간으로서의 격이 다르기 때문이겠지. 알겠어?"

"이, 이게 지금 그걸 말이라고……."

"훗, 꼴사납네. 글렌. 그런 나뭇가지나 씹고 다니는 꼴이 부끄럽지도 않아? 인간이라는 건 본인의 의식 수준과 존재감이 겉으로 자연스럽게 드러나기 마련이야. 남을 헐뜯을 시간이 있으면 우선 본인 모습부터 돌아보시지 그래?"

차갑게 쏘아붙인 이브는 그대로 상쾌하게 떠나갔다.

"저 자 식 이~!"

"정론이네요."

글렌은 분해서 발을 동동 굴렀고 시스티나는 작은 목소리로 중얼거렸다.

"하지만 진짜 굉장한 분이신 건 사실이란 말이지. ……존경스러워."

"응. ……이브 씨는 평소에 어떻게 지내고 계신 걸까?"

시스티나는 옆에서 악에 받친 글렌을 내버려두고 루미아와 함께 동경 어린 눈으로 이브의 뒷모습을 지켜보았다.

"분명 으리으리한 호화 저택에서 살고 계시겠지~. 고용인도 잔뜩 부리면서."

"후훗, 그러게. 이브 씨는 그런 이미지가 있긴 해."

"응. ……난 잘 모르겠지만, 이브는 아마 굉장할 거야."

리엘도 옆에서 고개를 끄덕였다.

"칫! 칫! 칫!"

하지만 글렌은 계속 토라져 있을 뿐이었다.

그리고 다른 시각, 다른 장소.

페지테 서구. 노동자 계급의 일반 주택지인 구역의 4층 연립주택.

지은 지 수십 년은 돼서 벽에는 실금과 덩굴이 가득한, 언뜻 봐도 싼 집세가 장점인 낡은 집의 문 중 하나를 여는 여성이 있었다.

학교에서 퇴근한 이브였다.

그녀는 신중히 주위를 살핀 후 살금살금 안으로 들어갔다.

그곳은 이른바 1DK 원룸이었다. 살풍경한 비좁고 낡은 그 방과 고귀하고 고급스러운 이브의 모습은 현기증이 날 정도로 어울리지 않았다.

이브는 몸에 걸친 고급 의류와 액세서리를 조심스럽게 벗어서 옷장과 보석 상자 안에 넣었다.

'……나중에 세탁해야겠어.'

속옷 위에 셔츠 한 장만 걸친 편한 모습이 된 이브는 샤워를 하기 위해 욕실 급탕기에 그녀의 장기인 불꽃 마술로 불을 지폈다.

'이럴 때는 불꽃 마술이 편리하긴 해. 석탄 값도 무시할 순 없으니.'

목욕물이 데워지는 동안 이브는 돌로 된 조리대 위에 불꽃 마술 법진을 그린 후 그 위에 냄비를 얹어 대량의 물을 끓이기 시작했다. 냄비 옆에 있는 건 종이봉투 안에 든 약간의 건조 파스타였다.

'……파스타는 가성비가 좋아. 같은 가격대의 빵보다 섭취 열량도 높고……'

이윽고 물이 끓기 시작하자 파스타를 삶기 위해 소금 통을 들었다.

'아…… 소금도 거의 다 썼네. 조금 넣으면 맛이 없는

데…… 하지만…….'

한동안 숟가락을 들고 고심한 이브는 결국 소금을 조금만 퍼서 냄비에 넣었다.

이윽고 다 삶아진 파스타의 물을 빼고 접시에 담았다.

"……"

식탁 앞에 앉은 이브는 묵묵히 파스타를 입에 넣었다. 아무런 소스도 얹지 않은 밍밍한 파스타를…….

'……올리브가 떨어진 걸 깜빡했어.'

그대로 묵묵히 계속 먹었다.

'……'

하지만—

"이젠 싫어! 이런 생활!"

쾅!

곧 울상이 돼서 식탁을 내리칠 수밖에 없었다.

"어, 째, 서 이 내가 고작 파스타를 삶을 때 쓸 소금 때문에 고민해야 하는 건데?!"

그렇다. 사실 보다시피 이브의 사생활은 극도로 빈곤했다.

얼마 전까지는 이그나이트 공작가의 공녀였기에 돈 걱정을 할 필요가 전혀 없었지만, 지금은 가문에서 절연당한 몸이라 개인적으로 쓸 돈이 한정될 수밖에 없었다.

"큭! 난 귀족이라구! 옷값에 화장품값…… 몸을 치장하는 데 드는 비용을 아낄 순 없단 말야!"

그러다 보니 당연히 생활수준도 서민과 비슷한 수준으로 낮춰야 했지만, 아무리 영락했어도 겉으로 보이는 모습만큼은 완벽하게 꾸미고 싶다는 그녀의 허세 섞인 고집이 지금은 생활비를 완전히 거덜 내는 원흉이 되어 있었다. 이브가 원하는 수준을 맞추려면 엄청난 비용이 들기 때문이다.

"하지만 이젠 나도 성장했어! 처음에는 아무것도 몰라서 바가지를 썼지만! 이제는 생활필수품의 시세도 알고 가격 흥정도 잘할 수 있어! 고급품은 예산이 좀 아슬아슬하긴 해도 블랙마켓에서 싸게 입수하는 법도 익혔고!"

아무런 준비와 지식도 없이 냉혹한 사회의 틈바구니에 내던져졌던 이브가 그나마 지금 같은 생활수준을 유지할 수 있는 건 그야말로 눈물겨운 노력과 처참한 실패의 산물이었던 것이다.

"덕분에 어찌어찌 겉모습만은 완벽히 꾸미고 살 수 있게 됐지만…… 이번 달은 정말 어쩌지?"

이브는 다시 머리를 싸매고 한숨을 내쉴 수밖에 없었다.

그렇다. 사실 이번 달은 특히 위험했다.

이런저런 사정으로 수중에 돈이 없었다. 다음 달부터는 어떻게든 될 텐데 이달만큼은 정말로 큰 위기였다.

거기다 더 큰 문제는 아직 월초밖에 되지 않았다는 점이다.

"이러면 나도 조만간 글렌처럼 시로테를 씹어야 할지도……? 으으, 그런 비참한 꼴로 사는 건 싫어! 거기까지 추락하고 싶진 않아! 그, 그치만……."

비통한 얼굴로 식탁 위의 신문을 펼치자 마침 안에 든 전단지가 눈에 들어왔다.

이브는 별 생각 없이 손에 들고 내용을 확인했다.

"고급 카바레 클럽 『나이트 에덴』? 여성 캐스트 모집?"

구인 광고였다.

"즉, 물장사라는 거네? ……흥! 천박하긴!"

이브는 전단지를 짜증스럽게 노려보고 입을 열었다.

"시시한 남자들에게 아양 떨고 교태부리면서 접대나 해라? ……이런 자존심이고 뭐고 다 내다버린 짓을 하라고? 나라면 이딴 일은 죽어도 안 해! 이런 식으로 여자로서의 존엄을 포기할 바에야 차라리 굶어죽는 편이 나아!"

거세게 분노를 터트렸다.

"뭐야! 시급도 어차피 푼돈밖에 안 줄 게 뻔……."

하지만 전단지 아래쪽에 기재된 시급은—.

"……어? 이렇게 많이?"

……그런 이브의 분노를 가라앉히기에 충분한 액수였다.

"……."

그렇게 그녀는 한동안 전단지에서 눈을 떼지 못했다.

"……그런 고로 오늘부터 이 『나이트 에덴』의 여성 캐스트로 일하게 된 플레어 군일세. 모두 따뜻하게 환영해주게."

"프, 플레어라고 합니다. 잘 부탁드려요. ……으, 내가 미쳤지 정말."

그리고 현재 『플레어』라는 가명을 쓴 이브는 고급 카바레 클럽 『나이트 에덴』의 스텝들에게 쭈뼛거리며 인사를 하고 있었다.

나이트 에덴은 상류계층 남성을 주요 고객으로 삼는 회원제 유흥 주점으로, 가게를 찾은 남자 손님들이 캐스트라 불리는 여성 종업원을 지명해서 접대를 받는 방식이었다.

고급 클럽을 자부하는 만큼 홀은 굉장히 넓고 고급스러웠다. 소파나 유리 테이블 하나만 봐도 일반인이 선뜻 구매할 수 있는 물건이 아니었다. 제공되는 술과 요리도 일류의 것들 뿐. 안쪽에는 가수나 피아니스트나 댄서가 교대로 공연해서 손님들의 눈을 즐겁게 하는 스테이지도 있었다.

그리고 접대를 직접 담당하는 캐스트들의 질은 당연히 어지간한 펍이나 나이트 클럽과는 비교조차 되지 않았다. 모두 하나 같이 화사한 드레스와 장식품으로 치장한 일류의 미녀들 뿐. 하지만 그런 미녀들 사이에서도 이브의 존재감은 한층 더 강하게 빛나고 있었다. 선홍빛 드레스를 입은 그녀의 요염한 자태는 그야말로 독보적이었다.

"아, 쟤가 그……?"

"응, 맞아. 그 눈 높기로 소문난 지배인이 보자마자 제발 와 달라고 사정했다는……."

"굉장한 애가 왔구나……."

점내의 모두가 이브의 압도적인 존재감과 미모에 움츠러들고 당혹스러워했다.

타고난 귀인으로서의 격과 품격이 더해진 지금의 그녀는 누구나 보자마자 탄식이 절로 나오는 절세의 미녀가 되어 있었다.

'구, 굴욕……굴욕이야! 내, 내가……이, 이런…….'

사실 본인은 아무리 생활고 때문이라지만 이런 업계에 뛰어들게 된 상황에 필사적으로 눈물을 참고 있는 상태였다.

'하지만 여기까지 온 이상 이젠 돌이킬 수 없어. 만약 이런 부업을 하는 걸 지인에게 들키기라도 하면 내 평판은 끝장이야. 그래서 『안면실인화(顔面失認化) 마술』을 걸고 온 거고.'

안면실인화 마술이란 암시 계통 백마술로 남들이 보는 현재 자신의 모습과 기억 속의 모습이 일치하지 않게 되는, 다시 말해 절대로 자신의 정체를 남들에게 들키지 않기 위한 마술이었다. 요컨대 만에 하나의 사태를 대비한 예방책인 셈이다.

'뭐, 나 정도 마술사쯤 되면 이런 마술쯤은 단박에 꿰뚫어볼 수 있겠지만…… 그보다 문제가 되는 건 이 마술이 마력의 변동에 약해서 내가 다른 마술을 썼다간 그 즉시 풀려버릴 위험성이 있다는 거야.'

다시 말해, 이 클럽 안에 있을 때는 마술을 쓸 수 없다는 뜻이었다.

'그 점이 걱정인데…… 뭐, 설마 마술을 쓸 일이 있겠어?'

"자, 새로운 동료의 소개도 끝났으니 슬슬 가게를 열도록 하지. 다들 오늘 하루도 잘 부탁하네."

그런 생각을 하는 사이에 지배인이 소개를 마치고 직원들은 가게를 열기 위해 분주히 움직이기 시작했다.

"플레어 군. 자네는 이 업계가 처음이라 하니 익숙하지 않은 부분이 많겠지. 하지만 안심하게."

그리고 지배인은 누군가를 불렀다.

"다레스 군! 다레스 군!"

"예~ 부르셨슴까? 점장님."

그러자 턱시도는 대충 구겨 입은 데다 별 의욕도 없어 보이는 검은머리 청년이 다가왔다.

하지만 지배인은 청년의 그런 태도에도 대수롭지 않은 반응을 보이며 이브에게 말했다.

"이 청년은 다레스 군. 입사한 지는 얼마 안 됐지만 아주 유능한 보이지. 여긴 남자 손님들의 접대를 맡은 자네들을 다레스 군과 같은 보이들이 뒤에서 서포트하는 방식으로 운영하는 가게일세. 이 사람에게 자네의 전담을 맡길 테니 뭔가 곤란한 일이 있다면 사양하지 말고 의지해주게."

"예에……."

이브는 의욕 없이 대답하며 청년을 힐끗 쳐다보았다.

"다레스 군도 플레어 군이 안심하고 일에 전념할 수 있도록 잘 좀 부탁하네."

"옙~! 맡겨만 주십쇼, 점장님."

지배인은 청년의 싹싹한 대답에 만족한 듯 고개를 끄덕이고 떠나갔다.

"흐음, 댁은 분명…… 플레어였던가? 뭐, 한동안 내가 지원을 해줄 테니 잘 해보자고."

그리고 다레스는 친절하게 웃으며 말했다.

'아~ 신입의 보좌인가. 또 성가신 일거리를 떠맡아 버렸구만.'

하지만 내심 그는 이런 생각을 하고 있었다.

'거 참, 이러다 진짜 굶어죽을 거 같아서 학교에는 비밀로 아르바이트를 시작한 것까진 좋은데 여긴 의외로 일이 힘들단 말이지.'

그렇다. 놀랍게도 다레스의 정체는 사실 글렌이었다.

'훗, 이런 부업을 뛰는 걸 들켰다간 끝장이겠지. 그래서 『안면실인화 마술』을 걸고 온 거고. 이거면 아르바이트도 안심!'

여전히 한심스럽기 짝이 없는 이유였다.

'뭐, 나 정도쯤 되면 이런 마술 따윈 단박에 간파할 수 있을 테니 방심은 금물이지만.'

글렌은 그런 생각을 하면서 자신이 맡은 신입 캐스트, 이브를 자세히 관찰했다.

'그건 그렇고 굉장한 미인이구만.'

하지만 본인은 연꽃처럼 아름다운 얼굴에 그늘을 드리운 채로 시선을 내리깔고 가끔 주위를 멍하니 훑고 있었다.

'아무래도 불안한가 보네. 점장 말대로 이 업계는 처음인가. 이 우아한 자태와 기품…… 아마 이 녀석은 어느 고귀한 집 아가씨겠지. 그런 아가씨가 혈혈단신으로 이런 업계에 뛰어들다니…… 역시 무슨 『사연』이 있는 걸까.'

사실 이 업계엔 『사연』이 없는 사람이 더 드물지만 말이다.

뭐, 아무튼—.

"플레어!"

이름을 불린 플레어는 몸을 흠칫 떨며 불안스러운 눈으로 글렌을 흘겨보았다.

"너무 그렇게 긴장하지 마! 괜찮아. 누가 널 잡아먹는 것도 아니고."

"나, 난, 딱히……."

"안심해. 여긴 고급 클럽이야. 손님도 상류층들뿐이라 소위 말하는 『2차』는 엄격히 금지되어 있거든. ……가게의 품위가 손상될 테니 말이지."

"이?! 2차……?!"

이브는 2차라는 말을 듣자마자 얼굴을 붉히고 당황했다.

내심 글렌은 뭐 이런 세상물정 모르는 순진한 아가씨가 다 있나 내심 혀를 차면서 플레어를 격려했다.

"아무튼 무슨 문제가 생겨도 내가 어떻게든 해줄 테니까, 뭐. 맘 편하게 해. 플레어."

"……으, 응. 잘 부탁할게, 다레스……."

이렇게 해서 자신만만해 했던 것치곤 서로가 쓴 마술을 전혀 꿰뚫어보지 못한 글렌과 이브의 기묘한 관계가 시작되었다.

며칠 후. 나이트 에덴.

"한가하네."

"그러게."

지명 받은 캐스트들이 자리에 앉아 바쁘게 손님을 접대하는 가운데, 이브는 멀뚱히 서 있었고 글렌은 그 옆에서 늘어지게 하품을 하고 있었다.

첫날에는 이브의 보기 드문 미모에 혹한 손님들의 지명이 쇄도했지만 지금은 아무도 거들떠 보지 않고 있었다.

"대체 왜……? 내가 왜 이런 비참한 꼴을……?!"

"까놓고 말해 넌 재미가 없거든."

굴욕에 몸을 떠는 이브가 눈물을 글썽이자 글렌은 어이없는 목소리로 말했다.

그렇다. 이 업계에서 중요한 건 어디까지나 『접대』였다. 외모만 보고 손님이 계속 찾아주는 만만한 업계가 아니었던 것이다.

"인간이 아니라 뭔 인형을 상대하는 것 같다고 할까~? 손님이 무슨 말을 해도 「흥」, 「그래?」, 「별로」…… 뭐, 이러고만 있으니 같이 술을 마셔도 즐거울 리 없잖아? 너, 접대도 일이라는 걸 잊고 있는 거지?"

"……윽."

"게다가 늘상 뭐에 화가 난 것처럼 인상만 찌푸리고 있으니……. 아~ 그러고 보니 넌 내가 아는 짜증나는 어떤 녀석이랑 완전 판박이었네."

"시끄러워! 그러는 당신도 늘 의욕 없이 실실대는 꼬라지가 내가 싫어하는 지인이랑 똑 닮았거든?!"

참다못한 이브는 결국 글렌에게 언성을 높였다.

"아, 그래! 재미없는 여자라 미안하게 됐네! 다른 여자들처럼 교태를 부리거나 아양을 떠는 건…… 나한테는 무리야! 어차피 난 시시하고 귀엽지도 않은 여자라구! 불만 있어?!"

하지만 글렌은 실실 웃기 시작했다.

"……뭐, 뭐가 웃겨?"

"아니, 아직 기운이 있구나 싶어서."

글렌은 의아해 하는 이브에게 말했다.

"넌 무뚝뚝한 것도 그렇지만, 애초에 패기랄까~ 기운이 없어 보였거든."

"……!"

"뭐, 이해는 해. 무슨 『사연』이 있는 거지? 원래 넌 이런 곳에 있을 여자가 아니고, 자존심이 용납하질 못하는 거지?"

"흥! 그래! 그 말대로야! 난 이그……."

무심코 성을 밝히려던 이브는 황급히 입을 다물었다.

"아무튼 지금은 잊어. 네가 원래 있어야 할 곳으로 돌아가기 위해서라도 지금은 돈을 벌어야 하잖아? 지금은 참고 견뎌야 할 때야. 그 정돈 너도 알지?"

"그건…… 그렇지만. 그래도 어쩌면 좋지? 나도 자각하고는 있지만, 원래 귀염성이 없는 성격인 데다 아양 떠는 것도 잘 못하는데……."

이브가 자신 없어하는 반응을 보이자 글렌은 한 가지 제안을 했다.

"……남에게 아양을 떠는 것만 접대는 아닌데 말이지. 음, 뭐…… 넌 일단 좀 웃어봐. 모처럼 미인으로 태어났는데 아깝잖아."

"미?!"

"안 그래도 넌 너무 예뻐서 선뜻 다가서기 어려운 타입이라고. 그러니 일단 웃어. 너라면 분명 그것만으로도 몇 배는 더 귀여울걸?"

글렌이 히죽 웃자 면전에서 대놓고 미인이라는 칭찬을 들어 얼굴이 아주 살짝 빨개졌던 이브는 한숨을 내쉬었다.

"뭐야. 날 꼬시려는 거야?"

"뭐? 바보 같은 소리하지 마. 난 네 보이거든? 네가 돈을 못

벌면 내 급료에도 영향이 간다고. 응? 이렇게 부탁할 테니까 어서 돈 좀 벌어주라~. 나도 『사연』 있는 놈이라고. 제발~."

"후우~ 한심하긴. 당신은 자존심도 없어?"

"자존심이 밥 먹여 주냐? 난 얇고 길게 사는 주의라고."

"진짜 그 녀석이랑 똑같아……."

이브는 어깨를 으쓱이고 어이없는 쓴웃음을 흘릴 수밖에 없었다.

"후우~ 왠지 당신이랑 얘기하고 있으면 보잘 것 없는 자존심에 매달려서 어깨에 힘을 주고 있는 게 바보처럼 느껴져."

그러자 글렌은 잘했다는 듯이 웃었다.

"오, 괜찮은걸? 플레어. 그거야, 그거. 방금 어깨 힘이 많이 빠졌달까. 표정이 부드러워졌는데?"

"어? ……그래?"

"어, 지금까지의 넌 진심으로 다가서기 어려운 분위기를 풀풀 풍기고 있었으니 말야. 뭐, 그 정도로 표정이 부드러워졌으면 슬슬……."

그 순간—.

"플레어 씨!"

한 캐스트가 이브에게 달려왔다.

"지명 들어왔어요! 10번 테이블에 계신 저 분이요!"

그녀가 가리킨 곳에는 말쑥한 노신사가 이브를 향해 손을 흔들며 미소 짓고 있었다.

"어? 내가? 갑자기 왜? 거기다 저 사람은 분명 이 가게의
단골 중에서도 큰손인……."

"자, 다녀 와. 플레어."

글렌은 이브의 등을 밀었다.

"어렵게 생각하지 마. 상대가 누구든 그냥 날 상대하는 느
낌으로 가볍게 대화만 나누고 오면 되니까."

"당신을 상대하는 것처럼?"

"응, 그래. 이건 내 직감이지만, 넌 아마 그 정도가 딱 좋
을 거야."

"아, 알았어. ……한 번 해볼게."

이브는 조심스럽게 걸음을 옮기다가 문득 글렌을 돌아보
고 말했다.

"저, 저기…… 고마워. 다레스."

"……흐응? 거, 철부지 아가씨인 줄로만 알았는데 나 같은
하층민한테도 제대로 감사할 줄 아는구만? 좋아. 그렇게만
하라고."

"시, 시끄러워! 바보!"

하지만 이상하게도 둘 사이에 흐르는 분위기는 그리 험악
하지 않았다.

이날을 경계로 이브의 쾌진격이 시작되었다.

누구에게도 위축되지 않고 교태를 부리기는커녕 자존심이

강하지만, 한편으로는 마치 오래 알고 지낸 친구처럼 대화하기 편한 그녀의 개성이 호응을 얻기 시작한 것이다.

"응, 맞는 말이네. 역시 대상회 회장님의 말씀은 뭐가 다르긴 달라. ……후훗, 진심이야. 거짓말일 것 같아?"

"후우~ 부하가 대든 정도로 일일이 낙담하지 좀 마. 정말이지…… 그래, 알았어. 푸념이라면 내가 들어줄게. 그리고 부하를 잘 다루는 비결도 좀 알려줄 테니까."

상대가 요즘 잘나가는 상회의 회장이 됐든, 부하와의 관계에 고민이 많은 관료가 됐든 상관없이 여유를 잃지 않고 상쾌하게 대응해나갔다.

비록 아웃사이더 속성이긴 하지만, 이브는 얼마 전까지만 해도 특무분실 실장으로서 산전수전 다 겪은 군 장성들이나 정부 관료들을 상대로 대등하게 겨뤄온 『유능한 여자』다. 거기다 견식이 넓고 지식도 풍부해서 원래 유식자층이 많은 이 가게 손님들의 화제에도 깊이 따라갈 수 있으니 인기가 없을 리 없었다. 이 업계에서 성공할 소질이 있었던 것이다.

그렇게 곧 접대에 익숙해지고 지명 손님을 받게 되면서 마음에 여유가 생겼는지 자연스럽게 미소도 늘어났다.

이따금 가게 안에서 꽃피는 이브의 웃는 얼굴은 마치 여신의 미소 같아서 그녀의 주위만 환하게 빛나는 것만 같았다.

그 미소를 한 번이라도 보기 위해, 이브에게 매료된 남자 손님들은 가게를 뻔질나게 드나들면서 그녀를 지명하고 돈을 지불했다.

그리고 그런 이브의 막대한 매상은 글렌의 수완에 의지하는 바가 컸다.

"이런. 플레어랑 좋은 시간 보내시는 와중에 잠깐 실례함다! 신사분!"

"다레스?"

남자 손님과의 대화가 멈춘 타이밍을 노리고 글렌이 절묘하게 끼어들자 이브가 눈을 깜빡거리며 의아해했지만 글렌은 싹싹하게 영업을 시작했다.

"자, 손님. 이쯤에서 값비싼 술 한 잔 어떠심까? 이 고귀하고 귀여운 플레어에게 멋진 모습을 아주 사~알짝쿵 보여주자고요! 오, 정말요? 정말 그걸로 주문하실 검까? 역시 안목이 뛰어난 분이시군요! 지배인님! 로망코츠 20년산, 병으로 주문 들어왔습니다! 자, 다들 박수! 박수~!"

글렌이 애드립으로 크게 어필하자 종업원들이 총출동해서 분위기를 띄웠다. 거기에 넘어가 주문을 한 신사도 그리 나쁜 기분은 아닌지 머리를 긁적이며 쓴웃음을 흘렸다.

그런 가운데 글렌이 자신에게 은근슬쩍 윙크를 날린 것을

본 이브도 못 말리겠다는 듯 쓴웃음으로 대답했다.

이렇듯 시간이 갈수록 이브를 지명하는 횟수와 인기는 천정부지로 치솟았고 업계에서의 지명도도 올랐다.

하지만 인기가 오를수록 사고가 늘어나는 건 필연이었을까.

"저기…… 기온 씨? 너, 너무 가깝잖아. 좀 떨어져."

"으흐흐, 뭐 어때! 플레어!"

"꺄악! 다, 당신 지금 내 등을 만졌…… 허벅지도?!"

"이게 뭐 어때서! 플레어! 나랑 좀 더 친하게 지내보자고! 으헤헤……."

"잠깐 그, 그만……."

"아~ 스톱!"

"아야야야야야야야얏?!"

"다레스?!"

"본점에서는 캐스트와 직접 접촉하는 걸 엄금하고 있습다~! 그 규칙을 어기신다면~."(뚜둑 뚝)

"히익?! 죄송합니다!"

"후우~ 고마워, 다레스. ……덕분에 살았어."

"별말씀을."

이렇게 술버릇이 나쁜 손님에게 시달릴 때도 있었고ㅡ.

"플레어. 자, 물. 진정하고 천천히 마셔. ……괜찮아?"

"으, 으으…… 전혀 안 괜찮아."

"거 참, 그 손님. 널 완전히 취하게 만들 속셈이었구만. ……저런 거에 일일이 상대해줄 거 없어."

"……미안, 다레스. 덕분에 살았어. ……당신이 거기서 날 억지로 끌고 와주지 않았다면 지금쯤 난……."

"신경 쓰지 마. 넌 잠깐 여기서 쉬고 있어. 손님 접대는 내가 다른 캐스트한테 부탁해서 어떻게든 해볼 테니까."

"……늘 신세만 지네."

"뭐, 이게 공주님의 시종이 할 일 아니겠어?"

"……바보."

이렇듯 이브를 술에 취하게 해서 어떻게 해보려는 손님도 있었지만, 그럴 때마다 글렌이 나서서 원만하게 해결해준 덕분에 걱정 없이 일에 전념할 수 있었다.

그리고 시간은 빠르게 흘러 어느 날 영업종료 후—.

"축하해, 플레어. 이젠 네가 나이트 에덴의 매상 넘버원이라더라."

"……나도 믿기지가 않아."

테이블을 사이에 두고 앉은 글렌과 이브는 샴페인을 따른 잔으로 건배하며 작게 축하하는 자리를 가졌다. 둘 다 아직 서로의 정체를 눈치채지는 못했지만 이제는 같은 직장의 동료로서 완전히 마음을 터놓고 있었다.

"분명 당신 덕분일 거야, 다레스."

"그게 무슨 소리야. 네 실력이지."

"그래도 고맙단 말은 하게 해줘. 난 당신이 없었으면 지금쯤 그만뒀거나 잘렸을 테니까."

"글쎄? 넌 머리도 좋고 의외로 근성도 있어서 내가 없었어도……."

서로 작게 웃음을 주고받고 잔을 조금씩 기울이는 두 사람의 대화는 탄력을 더해갔다.

…….

"후우, 뭐랄까. ……처음에는 좀 아니꼬운 인상이었는데 이렇게 보니 의외로 귀여운 구석이 있는 여자였네?"

"흥, 뭐야. 당신이야말로. 이런 곳에 두기 아까운, 요즘 보기 드문 멋진 남자면서?"

술기운을 빌린 둘은 서로에게 점점 솔직해지고 있었다.

"실은 내가 아는 지인 중에 당신이랑 많이 비슷한 인간이 있는데…… 그 녀석이랑 당신은 전혀 달라. 당신은 일견 경박해 보이지만 무척 신사적이고 친절한걸."

"오, 우연이네. 내 지인 중에도 왠지 너랑 닮았다는 생각이 든 여자가 있는데…… 너도 그 녀석이랑 전혀 달라."

"어머, 나랑 닮은 여자? 왠지 좀 궁금하네. 한 번 얘기해 봐."

"어, 좋아. 이름은 비밀로 하겠지만, 전 직장 동료였던 여자인데…… 이게 또 참 지독한 녀석이라…….."

…….

"(생략)……이러는데 걔 솔직히 너무하지 않냐? 넌 어떻게 생각해? 플레어."

"우와, 최악. 당신을 그런 식으로 대하다니, 뭐 그런 여자가 다 있담? ……걘 분명 뭘 좀 오해하고 있는 걸 거야."

"그치?!"

…….

"내 지인 중에 당신이랑 닮은 남자는……(생략)……뭐, 이런 식이지. 당신은 이런 남자, 어떻게 생각해?"

"뭐?! 그 자식 이거 완전 변변찮은 놈이구만! 널 그렇게 차갑게 대해? 섬세함이 너무 부족하잖아!"

"그치?! 그치?!"

…….

이윽고 적당히 술에 취한 이브는 글렌에게 뜨거운 시선을 보내기 시작했다.

"요즘 세상엔 진짜 변변찮은 남자들밖에 없는 것 같아. 그래도…… 다레스. 당신이라면 분명 주위에서 여자들이 가만히 두지 않겠지?"

"하하! 유감스럽게도 그쪽하곤 영 연관이 없어서."

"어머, 정말? 아깝네. 당신 주위에 있는 여자들은 진짜 보는 눈이 없나 봐."

"그러는 너도…… 분명 추파를 던지는 놈들이 한둘이 아니겠지?"

"후훗, 유감이지만 나도 그쪽하곤 영 인연이 없어."

"네가 아는 사내놈들의 눈은 죄다 장식이냐."

거기서 퍼뜩 정신을 차린 둘은 잔을 기울이던 손을 멈추고 지금까지 한 말을 곱씹었다.

"…………."

"…………."

그리고 잠시 어색한 침묵이 흐른 후.

"자, 잠깐만. 나 오늘 좀 너무 달린 거 아닌가? 하하하……"

"마, 맞아! 나, 나도 좀 과음한 것 같아! 응!"

"스, 슬슬 파장할까?"

"그, 그러자! 내일도 일찍 출근해야 하니까!"

빨갛게 익은 얼굴로 허겁지겁 자리를 치운 둘은 그대로 귀가했다.

다음 날, 마술학원.

"넌 진짜 성깔 더러운 여자야!"

"흥! 당신이야말로 사상최악의 글러먹은 놈팽이거든?!"

글렌과 이브는 여느 때처럼 복도에서 대판 싸우고 있었다.

"또 글렌 선생님이랑 이브 씨네······. 두 분 다 질리지도 않는걸까."

"응. 글렌이랑 이브, 맨날 싸워."

시스티나와 리엘은 그런 둘의 싸움을 말릴 타이밍을 재고 있었다.

"사실 요즘 너랑 좀 닮은 지인이 생겼는데, 그 녀석은 너하곤 다르게 진짜 귀엽고 멋진 숙녀더라! 너도 그 녀석을 좀 본받는 게 어때?"

"거 참 우연이네! 내 지인 중에도 당신이랑 닮은 남자가 있지만, 그는 당신과 달리 정말 신사적이고 존경할 수 있는 멋진 청년이거든?! 당신이야말로 그를 보고 배우는 게 어때?"

"하~ 진짜 귀여운 구석이 하나도 없구만! 아마 널 받아줄 남자 따윈 단 한 명도 없을걸? 넌 분명 노처녀 아줌마 루트 확정일 거다!"

"그, 그건 내가 할 말이거든?! 당신이랑 사겨줄 여자 따윈 이 세상에 하나도 없을걸? 쓸쓸한 솔로 인생 확정이야! 당신이야말로 고독사나 당하지 않게 조심하시지!"

"아앙?! 말 다했냐?!"

"흥! 뭐!"

그런 둘의 모습에 시스티나는 어이없는 한숨을 내쉴 수밖에 없었다.

"후우~ 참 뭐랄까?"

하지만 루미아는 아니었다.

"왜, 왠지 모르겠지만…… 굉장히 불길한 예감이 들어!"

소녀의 육감으로 뭔가를 눈치채고 이마에 비지땀을 흘리기 시작했다.

"왜, 왜 그래? 루미아."

하지만 시스티나는 의아한 표정으로 고개를 갸웃거리기만 했다.

이렇게 어느덧 글렌과 이브의 비밀스런 밤의 일상이 된 어느 날.

'이제 곧 이 생활과도 안녕이네.'

나이트 에덴의 탈의실에서 업무용 드레스로 갈아입던 이브는 멍하니 그런 생각을 했다.

'돈은 충분히 벌었어. 다음 달 부터는 이런 일을 하지 않아도 될 만큼. ……원래 이건 강사로서는 업무위반에 해당하는 사항이라 오래 할 수 있는 일도 아니었으니…… 슬슬 그만둬야겠지.'

옷을 다 갈아입은 이브는 거울 앞에 앉아 화장을 하고 머리를 다듬기 시작했다.

하지만 왠지 손이 묘하게 무겁게 느껴졌다.

'다레스와도 이제 곧 이별인가…….'

그리고 거기에 생각이 이른 순간 손이 멈추고 말았다.

'……뭐야. 그가 내 뭐라도 돼? ……바보 같아서 정말.'

무거워진 손을 움직여서 억지로 몸단장을 계속했다.

'원래 그와 난 사는 세계가 달라. 어쩌다 보니 우연히 서로의 길이 교차했을 뿐. 잠시 소매가 스쳤을 뿐. ……그저 그 뿐인걸.'

그렇다.

처음부터 알고 있었고 원래 언제든 그만둘 각오로 시작한 일이었다.

그리고 여긴 자신이 있어야 할 곳이 아니었다. 이 일을 그만두면 두 번 다시 이쪽으론 발길도 돌리지 않으리라.

그런데 어째서?

이 가게를 그만두고 다레스와 이제 두 번 다시 만나지 못할 거라 생각하니 가슴이 먹먹해지기 시작했다.

"……"

거울에 손을 대고 자신의 진심을 알기 위해 이브가 거울에 비친 자기 모습을 빤히 들여다본 순간—

"플레어 씨! 슬슬 가게 열 시간이에요! 준비는 다 되셨나요?"

"……응. 지금 갈게."

직장동료가 부르는 목소리에 자리에서 일어났다.

지금은 고민해봤자 소용없다.

일이나 제대로 하자.

그렇게 마음을 다잡은 이브는 가슴을 짓누르는 답답함을

애써 무시하고 탈의실을 나섰다.

그리고 나이트 에덴은 여느 때와 같이 영업을 개시했다.

하지만 이날 분위기는 시작부터 최악이었다.

"아니, 몇 번이나 말씀드렸다시피 카즈 님께선 본점의 이용을 아무쪼록 삼가주셨으면……."

"아! 닥쳐! 닥쳐! 닥쳐! 난 손님이거든?! 뭐 불만 있어?!"

출입구 근처에서 지배인과 어떤 남자 손님이 다투고 있었다.

약간 살찐 체형에 고급 양복과 장신구를 차려입은 그 남자 손님은 이미 꽤 취했는지 동공이 풀린 데다 말투도 어눌했다.

"카즈야."

이브 옆에 선 캐스트가 슬쩍 귓속말을 건넸다.

"어느 유력 상회 회장의 상속자. 하지만 본인은 아무런 능력도 없는 전형적인 낙하산 도련님. 일도 안 하고 부모 돈으로 매일 방탕한 짓만 하고 다니는."

"쓰레기네."

"응. 그런데……."

캐스트가 갑자기 인상을 찌푸린 그때—.

"호오? 날 절대로 못 들여보내겠다? 그럼 어쩔 수 없구만!"

카즈가 손가락을 튕기자 후드를 쓴 네 명의 남자가 그의 주위로 모여들었다.

그 모습에서 희미하게 감도는 마력을 느낀 이브는 단숨에 그자들의 정체를 간파했다.

"마술사!"

"응. 카즈는 큰돈을 들여서 비인가 마술사를 넷이나 고용하고 있거든. 저들은 카즈가 명령하면 뭐든지 하는 카즈의 개야. 저 인간들이 행패를 부려서 망한 가게도 있다고 들었어. 그래서 카즈는 이 동네에선 저렇게 왕처럼 굴 수 있는 거고."

그렇다. 사실 폭력의 질만 놓고 보면 일반인과 마술사의 사이에는 그야말로 하늘과 땅 수준의 격차가 있었다.

'뭐, 언뜻 봐도 하나같이 몸에서 줄줄 새는 마력을 숨길 줄 모르는 삼류 잔챙이들이지만…… 그래도 일반인이 보기엔 절망적인 전력 차처럼 느껴지겠지.'

"아, 알겠습니다! 정말 실례가 많았습니다! 아무쪼록 저희 가게에게 즐거운 시간 보내주시길! 그러니 제발 용서를!"

이브의 생각을 증명하듯 결국 지배인은 힘 앞에 굴복하고 말았다.

"하핫! 알았으면 됐다고! 알았으면! 말이지!"

하지만 카즈는 대뜸 주먹을 날렸고 지배인이 의식을 잃고 바닥에 쓰러지자 주위에서 비명이 터졌다.

"흠, 내가 나설 차례구만."

그러자 눈은 웃고 있지 않은 글렌이 손가락을 꺾으면서

나서려 했다.

"……잠깐만!"

이브는 그런 글렌의 소매를 붙들고 말렸다.

"안 돼, 다레스! 상대는 마술사야!"

"아니, 그래도 별볼일 없는 수준……."

"일반인치곤 싸움 실력에 자신이 좀 있는 모양인데, 그래도 마술사 넷을 상대로는 무리야! 최악의 경우엔 살해당할지도 모른다구!"

"……플레어?"

"제발 무모한 짓은 하지 마. ……난 당신이 죽는 꼴 따윈 보기 싫어."

필사적으로 호소하는 이브의 눈을 본 글렌은 그대로 주먹을 내릴 수밖에 없었다.

그 순간―.

"아~ 모처럼 와줬는데 오늘은 호박들밖에 없나. 이 몸에게 어울리는 일류의 여자는…… 오, 오오오옷?!"

천박한 목소리에 시선을 돌리자 카즈가 검지로 이브를 가리키고 있었다.

"너! 너! 거기 너 빨강머리! 널 지명해줄 테니 고맙게 생각하라고!"

이브는 자신을 머리부터 발끝까지 탐욕스러운 눈으로 훑어보는 카즈를 팔짱을 낀 채 차갑게 흘겨보았고, 주위에서는 마른 침을 삼키며 그런 둘의 동향을 지켜보고 있었다.

"예, 지명해주셔서 고맙네요. 그럼 오늘 밤은 제가 모시겠습니다."

하지만 이브는 곧 체념한 듯 한숨을 내쉬더니 카즈를 향해 걸어가기 시작했다.

"……플레어."

"괜찮아."

"하지만……."

"미안, 다레스. 난 『사연』 있는 몸이라…… 소란을 일으키고 싶지 않아. 이해해줘."

결국 글렌은 입을 굳게 다물고 이브의 뒷모습을 가만히 지켜볼 수밖에 없었다.

나이트 에덴의 오늘 영업을 이렇게 시작되었다.

'응, 됐어. ……이러면 된 거야.'

특무분실의 전 실장 집행관 넘버 1 《마술사》였던 이브는 마음만 먹으면 카즈가 고용한 마술사 따윈 백 명이 덤벼도 단숨에 제압할 수 있는 실력자다.

하지만 지금은 정체를 숨긴 입장이었다.

아무리 카즈 쪽에 죄가 있어도 여기서 마술로 소동을 일으킨다면 틀림없이 경라청이나 마술학원에 연락이 갈 터. 그러면 이브가 여기서 일했던 사실도 주위에 전부 알려질

가능성이 컸다.

이 업계에서 일하는 사람들의 처지나 사정을 알게 된 지금은 예전처럼 무시하고 있지 않지만, 전에 자신이 그러했듯 이 업계에 대한 대중의 눈길은 차가웠다. 여기서 일했다는 사실이 들통 난다면 모처럼 쌓아올린 학교에서의 신용과 입장은 단숨에 바닥으로 떨어지리라.

아니, 어쩌면 징계면직 처분까지 받게 될지도 몰랐다.

'그렇게 되면 난 이제 있을 곳이 없어. ……그러니 참아야해. 참으면서 이 쓰레기의 상대를 해주는 거야.'

그렇다. 고작 그것뿐.

잠시 감정을 죽이고 견디면 모든 것이 원만하게 수습될 터.

이브는 그리 각오를 다졌다.

하지만 지금부터 겪게 될 굴욕은 긍지 높은 귀족으로서 살아온 그녀에게는 너무나도 가혹한 것이었다.

"정말로 알아듣긴 했어? 내 말을 이해하긴 한 거냐고. 적당히 맞장구만 친 거 아냐? 너한텐 너무 어려운 이야기였나? 응?"

"아, 예. 물론……."

"아~ 방금 시선 피했지! 역시 거짓말이었구만! 아하하, 뭐 어때? 여자는 원래 바보니까 무리하지 말라고~."

"……!"

"자! 얼른 술이나 따라! 아니, 넌 지시가 없으면 아무것도 못 해? 다 따랐으면 마셔! 자! 자! 자! 어서!"

"……윽. 더는 무리……."

"크아~! 거 참 눈치도 없구만! 내가 손님이지 네 친구냐? 잘난 얼굴값 좀 하라고, 이 아가씨야! 아하하하하!"

"……!"

"자, 잠깐만요. 카즈 씨. 지금 어딜 만지시는 거죠?! 거, 거긴……."

"시끄럽네 진짜. 뭐, 좀 만진다고 닳아? 어차피 얼굴하고 몸밖에 볼 것 없는 년 주제에……."

"~~~~윽!"

카즈는 혹시 일부러 이러는 게 아닌가 싶을 정도로 이브에게 모진 굴욕을 선사했다.

호위 마술사들은 그럴 때마다 눈초리가 사나워지는 글렌을 견제하듯 눈빛을 번뜩였다.

'큭…… 난 괜찮아! 그러니 참아! 다레스!'

그 와중에도 이브는 필사적으로 글렌에게 눈짓을 보내며 굴욕을 견뎠지만…….

"좋아, 정했다! 오늘 밤은 널 사주지!"

"……."

그 말이 카즈의 입에서 튀어나온 순간, 마침내 인내심의 한계를 느꼈다.

"넌 머리는 나쁘지만 얼굴이랑 몸은 일급품이거든! ……그래서? 얼마야?"

"……본점에서는 그런 영업은 하지 않습니다. 그 말씀은 거둬주시길."

기묘할 정도로 싸늘한 목소리였지만 술에 취해 얼굴이 새빨개진 카즈는 개의치 않고 말했다.

"하하하, 그건 그렇고 너…… 귀족 출신이지?"

"……?!"

이상할 정도로 날카로운 지적에 이브는 몸을 굳혔다.

"흐응~ 정답인가. 나처럼 이 업계에 정통한 인간은 말이지…… 너 같은 몰락한 귀족 출신 여자를 보면 딱 감이 오거든. ……하나같이 너처럼 『여긴 내가 있을 곳이 아니다』라는 티를 팍팍 내고 있으니까 말야."

"……."

"품! 사실 난 그런 여자를 돈 주고 사는 게 취미야. 너처럼 도도한 여자가 돈 때문에 굴욕에 몸을 떨면서 다리를 벌리는 순간은 진짜 끝내주거든!"

"……."

이브가 손을 강하게 쥐고 고개를 떨구자 카즈는 계속해서 폭언을 퍼부었다.

"여자란 것들은 정말 하나 같이 바보 같단 말씀이야? 아무리 겉을 그럴싸하게 꾸며놔도 이젠 귀족이고 뭣도 아닌데 말이지. 거기다 한 번 굴러 떨어지면 두 번 다시 올라갈 수 없다는 건 엄연한 이 세상의 섭리거든? 알겠냐? 이제 넌 이런 밑바닥에서 나 같은 강한 남자에게 꼬리나 흔들면서 살 수밖에 없는 처지라고. ……알았으면 잠자코 따라와. 혹시 쓸 만하면 내가 한동안 예뻐해 줄 테니까. 응?"

더는 아무 말도 들리지 않았다.

한계였다. 피가 통하지 않을 정도로 강하게 쥔 손이 하얗게 되고 질끈 감은 눈가에는 눈물이 맺혔다. 한심하게도 눈물이 나오려는 걸 참을 수가 없었다.

―한 번 굴러 떨어지면 두 번 다시 올라갈 수 없다.

사실 이것이야말로 이브가 가문에서 쫓겨났을 당시부터 줄곧 쌓아온 불안감의 정체였기 때문이다.

'내가 귀족으로 복권하는 건 이제 무리다? ……그 정도쯤은 나도 알아! 알고 있었다고!'

그래도 이런 치욕을 당한 데다 긍지마저 폄훼하는 것을 가만히 두고 볼 수는 없었다. 자신은 아직 거기까지 추락하지 않았다.

비록 가문에서 절연당했다 해도 자신은 귀족이기에.

은혜에는 보답을. 모욕에는 검을…….

'이젠 어찌되든 상관없어. ……각오해!'

줄곧 감춰온 역린을 적확하게 후벼 파인 이브는 이미 감정을 제어할 수 없는 상태였다.

여기서 소란을 일으키면 본격적인 파멸이 시작되겠지만 이젠 어찌할 방법이 없었다.

눈물을 글썽이며 자신에게 남은 마지막 긍지를 지키기 위해 예창 주문을 시간차 발동하려 했다.

"어?!"

하지만 어째선지 손에서 불길이 일지 않았다.

"유감스럽게도 본점에서는……."

그 대신—.

"2차가 엄격히 금지되어 있습다!"

맹렬하게 달려온 글렌이 날린 오른 주먹이 파공성을 울리며 카즈의 안면에 틀어박혔다.

"으갸아아아아아아아아아악?!"

카즈는 주위의 테이블을 성대하게 부수며 바닥에 나뒹굴었다.

"다레스?!"

"하하, 미안. 플레어. 난 이제 한계야. 아하하하…… 널 울리는 놈은 용서 못 해."

온몸에서 피가 조용히 끌어 오르는 듯한 위압감을 발하면서 처절하게 웃는 글렌은 왼손에 광대 아르카나를 쥐고 있었다.

"이 철부지 애새끼가…… 너 같은 놈이 이 녀석의 뭘 안다고 함부로 지껄이는 거지? 아앙?"

"히익?! 가, 감히 나한테 이딴 짓을……! 제길, 해치워! 해치워버리라고!"

안면이 추하게 변형된 카즈가 명령을 내리자 호위 마술사들이 황급히 주문을 영창했지만 어째선지 마술이 전혀 발동하지 않았다.

"뭐, 뭐하는 거야! 이 자식들아 얼른 저 놈을……!"

"닥쳐! 그리고 너희들은 잠이나 처자고 있어!"

하지만 그들이 당황하는 사이에 간격을 좁힌 글렌은 전광석화처럼 빠르게 마술사들을 때려눕혔다.

"힉! 히이이이이익?! 너, 넌 대체 뭐야!"

"너에겐 좀 심한 벌이 필요하겠는걸? 야, 여기선 좀 그러니까 뒷골목으로 나가자. 응?"

글렌은 다리에 힘이 풀린 카즈의 목깃을 붙잡고 가게 밖으로 질질 끌고 나갔다.

"사, 사, 사람 살려어어어어어어어어어어!"

카즈의 꼴사나운 비명이 주위로 울려 퍼졌다.

"다레스…… 다, 당신……."

이브는 그런 글렌의 뒷모습을 하염없이 지켜보았다.

······.

"······아무튼 그래서 난 가게를 그만두게 됐어!"

상황이 전부 종료된 후 가게 뒤에서 만난 글렌은 아무렇지 않게 말했다.

"카즈는 실컷 두들겨 팬 다음 이 일대를 관리하는 패거리(루치아노 가문)에 넘겼으니 나중에 문제될 건 없겠지만······ 그래도 이런 소란을 일으켰으니······ 아, 제길. 학교 쪽에 알려지지 않았으면 좋겠는데······ 그럴 리는 없겠지. 후우~."

"······."

이브는 그런 글렌의 모습을 다시금 바라보았다.

마술을 써버려서 『안면실인화』가 해제된 상태라 그의 정체가 사실 글렌이었다는 것을 분명히 인식할 수 있었다.

지금까지 간파하지 못한 자신이 한심스럽기도 했지만 사실 이제 와선 아무래도 상관 없으리라.

······마법이 풀렸으니 현실로 돌아가야 할 때가 온 것이다.

"그럼 난 이만 사라져줄게. 폐 끼쳐서 미안했다, 플레어."

글렌은 이브에게 등을 돌렸다.

"그 쓰레기 자식이 지껄인 말은 신경 쓰지 마. 너라면 언젠가 반드시 복귀할 수 있을 테니까."

"······?!"

"이러니저러니 해도 넌 눈앞에 닥친 일에 최선을 다하는 멋진 여자야. 한두 번쯤 좌절을 겪는 게 뭐 어때서? 틀림없이 언젠간 모두 널 재평가해줄 테니 힘내보라고. ……그럼 난 이만."

그렇게 마지막 말을 남기고 떠나려 한 순간―.

"기다려! 다레스!"

이브는 어디까지나『플레어』로서 그를 불러 세웠다.

아마 그렇게 하는 것이 앞으로의 서로를 위해서도 좋은 일이라 생각했기 때문이다.

둘이 지금까지 보낸 시간들은 원래 있을 수 없는 마법의 시간이었으니까.

"왜?"

"……여러모로 고마웠어. 당신과 만나서 정말 다행이야."

"훗. 인연이 있으면 또 만날 날이 있겠지."

"만날 수 있어. 반드시."

"……그럼 좋겠군."

둘은 가볍게 웃으며 헤어졌다.

그리고 이것은『다레스』와『플레어』가 주고받은 마지막 말이 되었다.

훗날.

"진짜 바보 아니에요?! 대체 무슨 생각을 하고 사시는 거냐구요!"

교내에서는 시스티나의 설교가 시끄럽게 울려 퍼지고 있었다.

"교사가 고작 돈 때문에 그런 상스런 가게에서 아르바이트라니! 지금까지 세운 공적 덕분에 감봉 처분으로 끝난 걸 그나마 다행이라고 생각하시라구요! 아시겠어요?!"

"시, 시끄러…… 빈속에 울리니까 제발 그만 좀 떠들어……."

반쯤 미라가 돼서 교탁 위에 엎드린 채 부들부들 떨고 있는 글렌을 보고 쓴웃음을 흘리는 루미아와 눈만 깜빡이는 리엘.

뭐, 여느 때와 다름없는 풍경이었다.

"으아…… 나 이러다 진짜 굶어죽을지도."

"정말이지! 진짜 어쩔 수 없는 분이네요! 이, 이왕 이렇게 된 거 제가 한동안 도, 도시락이라도……."

시스티나가 시선을 피한 채 머리카락을 빙빙 꼬면서 뭔가 말하려 한 그때였다.

쿵!

글렌의 머리 바로 옆에 바구니가 떨어졌다.

"엉?"

시선을 들자 어느새 그곳에는 몹시 기분이 나빠 보이는 이브가 게슴츠레한 눈으로 자신을 내려다보고 있었다.

"어? 이브 씨?"

"저희 교실에는 왜……."

이브는 시스티나와 루미아의 질문에 대답하지 않고 말했다.

"『은혜에는 보답을』. ……먹고 싶으면 먹어."

"뭐?"

"이, 이런 거라도 괜찮다면 내가 한동안 만들어주지 못할 것도 없으니까."

"……엥?"

얼굴이 살짝 붉어진 이브는 일방적으로 그런 말을 퍼부은 후 떠나갔다.

"……쟨 또 뜬금없이 왜 저래?"

"그, 글쎄요?"

너무나도 뜻밖의 상황에 글렌과 시스티나는 눈을 깜빡였다.

"부, 불길한 예감이 들어! 역시 왠지 모르겠지만, 엄청 불길한 예감이 들어! 이걸 어쩜 좋지?!"

"……?"

그나마 소녀의 육감 센서로 뭔가를 감지한 루미아가 새파랗게 질려서 당황했지만 리엘은 그저 고개만 갸웃거릴 뿐이었다.

참고로 바구니에 든 도시락의 내용물은 『소스 없이 소금물에 삶기만 한 파스타』였고 나중에 둘이 대판 싸운 건 두말할 필요도 없으리라.

미래의 나에게

To the Future Me

Memory records of bastard
magic instructor

"저기, 실례합니다~. 잠시 여쭙고 싶은 게 있는데요."

한 소녀가 페지테의 어느 길목에서 조심스럽게 통행인에게 말을 걸고 있었다.

알자노 제국 마술학원 교복을 입고 순수한 은을 녹여서 뽑아낸 듯한 은발과 비취색 눈동자가 특징인 그녀의 정체는 다름 아닌 시스티나였다.

평소에는 얼굴에 늘 자신감이 넘치는 그녀지만 오늘은 웬일인지 뭔가 불안해보였다. 주위를 쉴 새 없이 두리번거리는 모습이 명백히 수상했다.

"어머? 그 교복은…… 마술학원 학생이니?"

하지만 통행인인 중년 부인은 온화하게 웃으며 대답했다.

"후훗, 뭐가 궁금한데?"

"저기, 진짜 엉뚱한 질문처럼 들리시겠지만…… 올해가 성력(聖曆) 몇 년이죠?"

"……응?"

그 기묘한 질문에 잠시 눈을 깜빡인 중년 부인은 곧 정신을 차리고 친절하게 대답해주었다.

"으음…… 올해는 성력 1873년일 텐데…… 그게 왜?"

"예, 올해는 1853년이 아니라 1873년이 틀림없는 거죠?"

"뭐, 그렇다만……."

"가, 감사했습니다!"

그러자 안색이 약간 창백해진 시스티나는 꾸벅 감사를 표한 후 떠나갔다.

중년 부인은 그런 그녀의 뒷모습을 의아한 눈으로 쳐다볼 수밖에 없었다.

"다, 다시 한 번 정리할게!"

어느 뒷골목에서 루미아, 리엘과 다시 합류한 시스티나는 떨리는 목소리로 선언했다.

"우리가 살던 시대는 성력 1853년이 틀림없지?!"

"으, 응. 맞아."

루미아도 동요를 숨기지 못하는 표정으로 불안하게 대답했다.

"그리고 올해는 성력 1873년…… 이것도 틀림없는 거지?!"

"응. ……계속 물어보고 다녔는데 다들 그렇게 대답하던걸."

"응. 틀림없어."

하지만 리엘은 여느 때와 다름없이 졸린 듯한 무표정이었다.

"신문을 주워왔는데 여기에 1873이라고 적혀 있었어. ……그런데 이건 무슨 숫자야?"

"아, 아아아아아아아아……?!"

리엘의 물음에 대답할 여유가 없는 시스티나는 머리를 움켜쥐고 하늘을 향해 절규했다.

"우, 우리……정말로 20년 후의 세계로 와 버린 거야?!"

몇 시간 전.

"흠하하하하하하하! 불가능을 가능하게 만드는 남자! 이 오웰 슈더가 드디어 해냈도다!"

이 모든 사태의 발단은 마술학원의 마도공학 교수 오웰 슈더의 새로운 발명품이었다.

"마침내 난 시간여행을 가능하게 하는 마도장치 개발에 성공한 거다! 그 이름하야 『시간파괴돌파 대포』! 큭큭큭! 난 내가 가진 재능이 두렵구나!"

연구실에서는 오웰의 광기와 환희가 뒤섞인 웃음이 울려 퍼지고 있었다.

그리고 그의 옆에는 사람 한 명쯤 여유 있게 들어갈 법한 대구경의 수상쩍은 대포가 있었다.

"싫어어어어어어어어어어어어!"

불길한 예감밖에 들지 않는 그 만듦새와 이름에 시스티나는 비명을 지를 수밖에 없었다.

"으음…… 애벌레 같아. 못 움직이겠어."

"아, 아하하…… 이걸 어쩌면 좋지."

실험대로 써먹기 위해 납치당한 시스티나, 루미아, 리엘은 끈으로 칭칭 묶여서 옴짝달싹 못 하는 상태였다.

"훗! 왠지 모르겠지만 글렌 선생이 달아났으니 이번 실험은 너희를 대신 쓰도록 하지! 영광으로 여기도록!"

"그 박정한 인가아아아아아안!"

"그럼 설명하지! 이 『타임보칸 캐논』은 대포알 대신 너희들을 발사해서 시간과 공간의 벽을 파괴하는…….''

"설명 안 해도 알겠거든요?! 안 들어도 대충 알 것 같다구요!"

"참고로! 이번 발명의 시간도약 마술 이론은 아르포네아 교수의 감수를 받고 공동으로 완성했다! 그대의 아낌없는 협력에 감사를 표하지!"

"하하, 왠지 재밌어 보이길래 그만."

"교내 최악의 위험인물들의 크로스 오버?!"

참으로 멋진 미소로 악수를 나누는 오웰과 세리카의 모습을 본 시스티나는 절망에 잠겨 흐느낄 수밖에 없었다.

"자, 그럼 바로 실험 개시!"

"괜찮아. 안 아파~ 하나도 안 아플걸~? ……아마도."

세리카는 소녀들을 한 사람씩 안더니 수상한 대포 안에 밀어 넣었다.

"누, 누가 좀 도와주세요오오오오오오오오오오!"

"시공간섭 허수 법진·전개! 4차원 연쇄붕괴 술식·기동! 오버 로드 풀 드라이브
제13 금건(金鍵) 권능·해방! 시소(時素) 여기 단계 MAX! 하이퍼 버스트 루인 맥시멈 트랜스
목표 설정 20년 후! 크크크, 시간을 지배하는 『황금의 힘』을 보여주마! ……아, 점화하겠습니다."

오웰은 시스티나의 비통한 절규를 완전히 무시하고 대포

뒤에 달린 도화선에 성냥으로 불을 붙였다. 그리고…….

"……어느새 정신을 차리고 보니 여기에 있었어. ……20년 후의 세계에."

시스티나는 머리를 싸매고 성대한 한숨을 내쉬었다.

"뭐야! 대체 뭐냐고! 그 변태의 능력은 확실히 변태스러울 정도로 빼어나긴 하지만, 그걸 감안해도 설마 시공간 전이라니! 이게 말이 돼?! 진짜 바보 아냐?!"

"시, 시스티. 지, 진정해."

"이 상황에서 대체 어떻게 진정하라는 거야! 시간을 뛰어넘는 건 근대마술^{모던}로는 불가능하단 걸 아일리시가 마술로 완벽하게 증명까지 했건마아아아아아아아안!"

"하지만 그 슈더 교수님과 아르포네아 교수님이 힘을 합친다면……?"

"으아아아앙! 내가 진짜 못살아아아아아아!"

루미아의 이상할 정도로 설득력이 넘치는 말을 들은 시스티나는 공황상태에 빠질 수밖에 없었다.

"아, 아무튼! 실제로 우린 20년 후의 세계에 와버렸잖아! 이, 이걸 어쩜 좋지? 루미아!"

그리고 루미아의 품에 안겨 엉엉 울었다.

"으음~."

그러자 이런 상황에서도 비교적 냉정한 편이었던 루미아

가 잠시 생각한 후에 말했다.

"아무튼 20년 후이긴 해도 여긴 페지테니까…… 분명 마술학원도 있겠지? 그럼 먼저 이 시대의 슈더 교수님을 찾아보는 건 어떨까? 교수님이라면 어떻게든 해결해 주실지도……."

"그, 그거야! 그럼 당장 학교로 가보자!"

광명이 보이기 시작한 시스티나는 환희의 표정으로 루미아의 손을 잡아끌었다.

이렇게 해서 소녀들은 원래 시대로 돌아가기 위해 행동을 개시했다.

역시 20년 후의 세계라 그런지 페지테의 거리는 여러모로 신선하게 보였다.

여기저기에 처음 보는 가게와 건물들이 있거나 대충 예상했던 대로의 발전을 이룬 곳들도 있었지만, 다행히도 도시 전체의 모습이 바뀐 건 아니라서 셋은 무난히 마술학원을 찾아갈 수 있었다.

"후우~ 생각보다 도시 구조가 많이 변하지 않아서 다행이네."

"아니, 많이 변했어."

하지만 리엘은 웬일로 단호하게 그런 시스티나의 평을 부정했다.

"……저쪽 길모퉁이에 있던 딸기 타르트 노점이 없어졌어."

"아, 그 가게는 주인 할머니가 꽤 연세가 있으셨으니……
요 20년 사이에 은퇴하신 걸지도."

"으음…… 곤란해. 반드시 원래 시대로 돌아가자, 시스티나."

시스티나는 이제야 겨우 사태의 심각성을 깨달은 리엘의
반응에 쓴웃음을 흘렸다.

"도착했어! 여기가 바로 20년 후의 알자노 제국 마술학원
이야!"

그리고 일행은 마침내 철책으로 둘러싸인 학교 정문 앞에
도착했다.

"여기가 20년 후의 마술학원……? 어째 전혀 안 변했네."

루미아는 김이 샜는지 쓴웃음을 지었다.

"뭐, 원래 역사와 전통이 있는 학교였던 만큼 변화가 적은
거겠지."

시스티나는 어깨를 으쓱이며 대답했다.

자세히 보면 정문을 드나드는 여학생들의 교복 디자인도
일행이 입은 것과 똑같았다.

하지만 거기서 시스티나는 뭔가를 깨달은 듯 외쳤다.

"앗! 그러고 보니 학교에는 결계가 펼쳐져 있어서 등록되
지 않은 외부인은 출입할 수 없는데!"

"그러게. 20년이 지났으니 우리의 등록 정보가 남아 있지
는 않을 테고……."

"그럼 허가증이 필요할 텐데…… 수위 아저씨한테 뭐라고

설명해야 좋지?"

시스티나와 루미아가 고민에 잠긴 순간이었다.

"시스티나? 루미아? 뭐해? 안 들어가?"

리엘은 이미 정문을 통과해 있었다.

"어?! 평범하게 들어갔잖아? 이상하네……."

"20년 전에 한 등록이 아직도 남아 있는 걸까?"

시스티나가 의문을 표하자 루미아는 고개를 갸웃거리며 말했다.

"그럴 리가…… 등록은 졸업하는 동시에 말소될 텐데…… 으음~ 이유가 뭘까?"

"아하하, 덕분에 문제없이 들어갈 수 있으니 잘된 거 아닐까?"

"뭐, 그건 그렇지만……."

신경 써봤자 해결될 문제도 아니니 일행은 그대로 교내에 침입하기로 했다.

"자, 그건 그렇고 슈더 교수님의 연구실 위치는 20년 전이랑 똑같으려나? 애초에 그 사람은 아직도 해고당하지 않고 남아 있을지부터가 의문인데……."

"누구한테 물어볼까?"

"응, 그러자."

시스티나는 마침 눈앞을 지나가는 여학생에게 말을 걸기로 했다.

"앗, 저기 잠깐만요! 잠시 좀 물어보고 싶은 게⋯⋯."

"⋯⋯아앙?"

하지만 그 여학생은 있는 대로 짜증을 부리며 고개를 돌렸다.

"⋯⋯어?"

여학생의 모습을 본 시스티나는 그 자리에서 굳어버렸다.

본인이 개조라도 한 건지 이상할 정도로 긴 치마와 케이프. 그리고 압정 박힌 팔찌와 초커와 체인과 귀걸이뿐만 아니라 머리에는 동방어로 『싸움☆환영』이라 적힌 천을 두른데다 쇠파이프까지 어깨에 대고 있는 그 모습은 어딜 봐도 반체제적인 불량소녀 그 자체였다.

"나한테 무슨 볼일이라도?"

묘하게 위압적인 목소리로 묻는 소녀는 눈매도 무서웠다.

틀림없는 미인이었지만 아무튼 무서웠다.

"아, 아, 아아아아⋯⋯."

하지만 시스티나가 놀란 건 그 분위기 때문이 아니었다.

소녀의 이목구비와 은발과 비취색 눈동자는 아무리 봐도 자신과 많이 닮아 있었기 때문이다.

여긴 20년 후의 세계.

그곳에서 만난 자신과 많이 닮은 소녀.

여기서 도출할 수 있는 결론은 단 하나뿐이었다.

"아아아아아아아아아아아앗?! 너, 넌 설마아아아아아아?!"

"아, 시끄럽네 진짜. 좀 닥쳐."

불량소녀는 시스티나의 턱에 쇠파이프를 대고 세우더니 얼굴을 들이밀고 위협했다.

"히익?!"

"남의 얼굴을 보자마자 무슨 괴물이라도 본 것처럼 비명을 지르다니…… 배짱 한 번 두둑한걸? 아앙?"

"죄, 죄송해요!"

"흥…… 그래서? 우는 애도 뚝 그치는 이 페리나 님께 대체 무슨 용건인데? 시시한 거면 그냥 확 죽여 버릴라."

"아, 아으으으으으……."

완전히 기가 죽어서 처음 생각했던 질문을 잊어버린 시스티나는 당장 머리에 떠오른 걸 그대로 입 밖에 내뱉었다.

"저, 저기…… 너희 어머니 성함이 어, 어떻게 돼?"

"아앙? 울 어무이?"

그러자 페리나라는 이름의 불량소녀는 짜증스럽게 인상을 찌푸리더니 시스티나의 얼굴을 깊이 들여다보고 말했다.

시스티나라고 하는데 왜?"

"역시이이이이이이이이이이이이이이이이이!"

머리를 싸맨 시스티나는 저 하늘을 향해 외칠 수밖에 없었다.

'그렇다는 건 뭐야! 얘가 내 딸?! 20년 후의 내 딸이라구?! 이 반사회적인 불량소녀가 내 딸이란 말야?! 울고 싶어!'

"그러고 보니 너…… 왠지 우리 할망구를 닮았네? 혹시 친척이냐?"

"잠깐! 너 지금 어머니를 할망구라고 부른 거니?!"

하지만 도저히 무시하고 넘길 수 없는 단어가 들리자 평소처럼 표독스럽게 항의했다.

"아앙?! 갑자기 뭐야 너! 지금 나랑 싸우자는 거냐?!"

페리나가 화를 내며 쇠파이프를 들이 밀었으나 시스티나는 재빨리 그것을 움켜잡았다.

"일단 그 불량스러운 말투부터 고쳐! 교복도 좀 제대로 된 걸 입고! 아니, 그보다 그 쇠파이프는 대체 뭔데! 완전히 교칙 위반이잖아! 당장 버려!"

"아, 거 참 시끄럽네! 이건 내 마도 지팡이거든?! 마술사가 지팡이를 들고 다니는 게 뭐가 문제냐고! 앙?"

"거짓말하지 마! 그런 지팡이가 세상 천지에 어딨어!"

시스티나와 페리나는 쇠파이프로 줄다리기를 하며 서로를 노려보았다.

"아, 짜증나! 아까부터 울 어무이처럼 딱딱대기나 하고! 넌 대체 뭐야?!"

"너야말로 뭔데! 대체 어떤 교육을 받아야 이렇게 자라는 거냐구! 큭…… 이건 분명 아버지 쪽 책임일 거야! 틀림없어!"

그 순간—

"야…… 울 할망구는 그렇다 쳐도 울 아부지를 욕하는 건 용서할 수 없거든?"

페리나의 분위기가 갑자기 싸늘해지자 시스티나는 반사적으로 위축되었다.

그 틈에 페리나는 시스티나의 손을 쇠파이프에서 떼어내고 뒤로 밀쳤다.

"울 아버지는 엄청 멋진 분이셔. ……이런 날 제대로 이해해주는 좋은 사람이라고."

"으……."

"훗. 솔직히 그렇게 잘난 사람이 왜 하필이면 그 잔소리 심한 할망구랑 결혼한 건지는 전혀 모르겠지만 말야."

"윽……."

"그리고 아무리 부부라지만, 시도 때도 없이 둘이서 꽁냥대기나 하고…… 나도 아부지랑 좀 더 꽁냥대고 싶은데!"

"……응?"

"거기다 그 할망구의 유전자 때문에 내 가슴도 이 모양이고! 아~ 생각할수록 열불 터져!"

"그건 내 책임 아니거든?!"

시스티나는 척추반사적으로 태클을 걸 수밖에 없었다.

"아니, 그보다 뭐야! 역시 난 어른이 됐어도 이대로인 거야?! 이런 건 알고 싶지 않았는데!"

"너, 아까부터 대체 무슨 소릴 하는 거냐? 머리 괜찮아?"

곧 페리나는 짜증스럽게 한숨을 내쉬더니 등을 돌렸다.

"뭐, 아무럼 어때. 왠지 쥐어 팰 기분도 아니고…… 흥. 난 이만 간다."

그리고 그대로 떠나갔다.

"아……."

하지만 시스티나는 그 모습을 그저 가만히 선 채 지켜볼 수밖에 없었다.

"후우~ 하긴 그렇겠지. ……20년 후인걸."

시스티나는 완전히 풀이 죽은 얼굴로 교내의 길 위를 걷고 있었다.

"그야 뭐, 나도 결혼해서 애가 있어도 전혀 이상할 게 없어."

"그러게. 우리가 졸업하고 스무 살쯤에 결혼했다고 치면…… 지금쯤 우리랑 비슷한 나이의 애가 있는 게 당연하겠지."

루미아는 쓴웃음을 짓고 대답했다.

"그건 그렇고 시스티의 딸은…… 페리나 양이라고 했던가?"

"응, 굉장했어. 멋져."

"아아아아, 말하지 마아아아아아아아아아!"

리엘의 칭찬에 시스티나는 마치 애처럼 고개를 마구 흔들면서 부정했다.

"아니야! 아니라구! 내 아이가 저런…… 저런 불량소녀일 리가~! 내 책임 아냐! 분명 아버지 쪽 책임일 거야! 그럴 게 뻔해!"

"저기, 시스티. 그 일 말인데…… 페리나 양의 아버지라면……."

루미아가 뭔가 중요한 말을 꺼내려던 순간이었다.

"루밀리아 님! 저, 저랑 사귀어 주세요!"

난데없이 그런 남자다운 고백이 셋의 귀에 닿았다.

시스티나가 반사적으로 시선을 돌리자 그곳에는 기이한 광경이 펼쳐져 있었다.

"……어?"

가장 먼저 눈에 들어온 것은 남학생들을 거느린 여학생이었다.

멀리서 봐도 절세의 미소녀란 것을 알 수 있는 그 여학생은 원래도 노출도가 심한 마술학원의 교복을, 목의 리본을 느슨하게 풀고 가슴께를 풀어헤친 데다 치맛단까지 아슬아슬한 수준으로 짧게 고쳐 입고 있었다.

거기다 다양한 액세서리로 몸을 치장하고 립글로스, 아이라이너, 파운데이션으로 화장까지 한 데다 볼륨감 있는 금발에 핑크색 브릿지까지 넣어서 자신의 귀여움을 극한까지 돋보이게 꾸민 그 소녀의 발밑에는 한 소년이 넙죽 엎드려 있었다.

"줄곧 당신만을 좋아했습니다. ……그, 그러니 저도 남친 중 한 명이 되게 해주세요!"

"아하하, 너도 내 남친이 되고 싶은 거구나?"

땅에 고개를 박은 채 애원하는 남학생에게 미소녀, 루밀리아는 밝게 웃으며 말했다.

"……그래서? 넌 나한테 뭘 해줄 수 있는데?"

그리고 주위에 거느린 남학생들을 순서대로 훑어보았다.

"아이크 군은 머리가 나쁘지만 아주 멋진 훈남이고, 제이 군은 못생겼지만 굉장한 부자. 루드거 군은 머리가 엄청 좋아서 내 숙제나 시험을 대신 봐주고, 가레스 군은 싸움을 잘해서 내 눈밖에 난 애들을 혼내주고 있어. 다른 남친들도 나한테 엄청 잘해주는데…… 넌 나한테 대체 뭘 해줄 수 있을까?"

"그, 그건……."

거기서 남학생은 뭔가를 결심한 듯 입을 열었다.

"저에겐 아무것도 없습니다! 하지만 루밀리아 님을 좋아하는 이 마음과 상냥함만은 그 누구에게도 지지 않을 겁니다! 제가 그 누구보다 당신을 소중히 할 테니……!"

하지만 루밀리아는 마지막까지 들어주기는커녕 웃는 얼굴 그대로 남학생의 머리를 짓밟았다.

그리고 이제 흥미를 잃었다는 듯 남친들을 돌아보았다.

"자, 그만 가자♪"

"루, 루밀리아 니이이이임! 제발 저에게도 자비를! 자비르 으으으으을!"

"아핫, 시끄러워라. 아, 얘들아~ 거기 있는 쓰레기 좀 내 눈에 안 보이게 치워줄래?"

"""""예! 루밀리아 님!"""""

"NOOOOOOO!"

"아하하, 무슨 돼지 같아! 청소해줘서 고마워! 다들, 사랑해!"

악의라곤 한 점도 없이 그런 말을 내뱉은 그때였다.

"잠깐만요, 당신."

누군가가 루밀리아의 손목을 잡고 말을 걸었다.

루미아였다.

그녀는 약간 화가 난 표정으로 따졌다.

"너무하잖아요. 남자는 당신의 편리한 도구가 아니······."

하지만 도중에 말문이 막히고 말았다.

루밀리아의 이목구비와 풍성한 금발과 푸른 눈동자는 아무리 봐도 자신과 많이 닮아 있었기 때문이다.

"······어? 어라?"

"응? 당신, 우리 엄마랑 똑 닮았네요? 혹시 외가 쪽 친척인가요?"

루밀리아는 비지땀을 흘리며 굳어버린 루미아에게 물었다.

"저기, 이상한 질문이겠지만······ 혹시 당신 어머니의 성함이······."

"응? **루미아**라고 하는데요?"

"하으ㅇㅇㅇㅇㅇㅇㅇㅇㅇㅇㅇㅇㅇㅇㅇㅇㅇㅇㅇㅇㅇ윽!"

당연하다는 듯이 돌아온 대답을 들은 순간, 루미아는 하마터면 그대로 졸도할 뻔했다.

"잠깐만요, 당신! 대체 지금 뭘 하고 있는 거죠?"

하지만 곧 정신을 차리고 반격했다.

"나, 남자를 그렇게 잔뜩 거느리고 다니면서 무슨 하인이라도 되는 양 턱짓으로 부리다니! 애초에 전부 다 남친이라는 건 대체 무슨 소리죠?! 그런 천박한 짓은 하면 못써요! 여자는 좀 더 정숙해야 하고, 가장 소중한 사람에게만 헌신적으로……."

"아하하, 당신도 꼭 우리 엄마처럼 말하네. 왠지 좀 시대착오적이랄까……."

루미아가 얼굴이 새빨개지고 눈이 빙글빙글 도는 상태로 설교를 퍼부었지만 루밀리아는 싱글벙글 웃으며 대충 흘려넘겼다.

"하지만 전 그런 엄마를 굉장히 존경하고 있답니다?"

"예?"

"응. 우리 엄만 굉장히 아름답고 귀엽고 상냥해서…… 누구에게나 사랑받는 분이었거든요. 그래서 다들 엄마한텐 왠지 모르게 친절하죠."

"어? ……어?"

"하지만 엄마는 미련스럽게도…… 흡사 여신처럼 인기가 많았는데도, 그 인기를 전혀 이용하지 않았다지 뭐예요? 자신을 향하는 수많은 호의를 거절하고 단 한 남자만을 위해 모든 걸 바쳤는걸요."

"⋯⋯."

"좀 아까운 것 같지 않나요? 그래서 전 엄마한테 물려받은 이 미모를 이용해서 모두에게 사랑받는 여자가 될 거랍니다! 전 엄마랑 다르거든요♪ 모두를 이용해서 아주 편~한 인생을 누릴 거예요♪"

천사나 여신 같은 미소로 얼토당토않은 헛소리를 지껄이는 루밀리아를 본 순간—

'얘, 얘가 정말 내 딸이란 말야?'

루미아는 마치 억장이 무너지는 듯한 충격을 받았다.

그리고 이어진 루밀리아의 말은 그녀를 한층 더 큰 절망에 빠트리고 말았다.

"우후훗, 그렇게 세계에서 가장 사랑받는 여자가 되면⋯⋯ 언젠가 엄마한테서 아빠를 뺏어올 거예요."

"⋯⋯어?"

"아무리 엄마가 미녀라지만, 내가 더 젊고 탱탱하니까⋯⋯ 언젠가는⋯⋯ 쿡쿡⋯⋯ 그래서 남친들도 내 몸엔 손가락 하나 못 대게 하고 있는걸. ⋯⋯그야 난 아빠 거니까~. ⋯⋯쿡쿡 ⋯⋯우후후훗♪"

"아, 아아아아⋯⋯."

"그럼 외가 쪽 친척분? 전 이만 실례할게요. 지금부터 남친들에게 먹이……가 아니라 직접 싸온 도시락으로 식사 모임을 열 거라서요."

루밀리아는 한없이 요사스럽게 웃으며 떠나갔다.

"쟤, 쟤가 내 딸……."

시스티나는 절망한 나머지 그 자리에서 힘없이 주저앉은 루미아의 어깨를 가볍게 두드려주었다.

루밀리아와 헤어진 후 시스티나와 루미아는 복도를 힘없이 걷고 있었다.

오웰의 연구소 위치는 도중에 다른 학생에게 물어봐서 확인했지만, 마음은 한없이 무거웠다.

"저기, 루미아. ……『천 개의 절망이 담긴 상자』의 일화라고 알아?"

"응. ……어떤 여자가 실수로 뚜껑을 여는 바람에 세상에 온갖 절망과 재앙이 풀려났다는 내용이었지? 하지만 그 상자에는 마지막에 희망이 남겨져 있었다고……."

"사실 그건 희망이 아니라 『모든 것을 알게 되는 절망』이었다나 봐. ……그게 세상에 풀려나지 않고 상자에 남았으니 역설적으로 『희망』이 된 거래."

"……하긴 모르는 편이 좋은 일도 있으니 말이지. 아하하……."

시스티나와 루미아는 그런 종잡을 수 없는 이야기를 나누다 깊은 한숨을 내쉬었다.

"응. 난 잘 모르겠지만…… 기운 내."

그러자 리엘이 걱정스러운 눈으로 둘을 올려다보았다.

"빨리 원래 시대로 돌아가자. 그리고 다 같이 딸기 타르트를 먹으면 기운이 날 거야."

"응……."

시스티나가 메마른 웃음을 흘린 그때였다.

"꺄아아아아아아~! 저기 좀 봐! 린 학생회장님이셔!"

"마술의 필기와 실기 평가에서 늘 수석인 완벽 초인! 우리 학교의 자랑거리인 린 님!"

"아앙~ 언제 봐도 멋져."

복도 너머에서 소녀들의 환호성이 들리더니 선망과 존경의 시선을 한 몸에 받는 한 여학생이 이쪽으로 오는 것이 보였다.

아름다운 담청색 머리카락을 리본으로 묶어서 정리했고, 날카롭고 투명한 군청색 눈동자에는 지적인 빛이 깃든 소녀였다.

귀엽다기보다는 미인. 미인이라기보다는 멋진…… 마치 그림으로 그린 듯한 쿨뷰티가 눈앞에 등장했다.

"나, 이 패턴 슬슬 질렸어. 혹시 재도……."

"리엘의……?"

시스티나와 루미아는 리엘과 린이라 불린 여학생을 번갈아 비교했다.

그러자 예상대로 서로 닮은 점이 넘치고도 남았다.

"으, 음. 뭐, 우리 애들이 있을 정도니 리엘의 아이가 있어도 이상할 건 없잖아?"

"하, 하지만……."

시스티나는 옆에서 눈을 깜빡이는 리엘과 이쪽으로 다가오는 린의 모습을 다시 한 번 비교했다.

린은 리엘과 달리 여자치곤 키가 큰 편에 몸매도 늘씬했다. 하지만 결정적인 건 흉부 장갑의 차이가 아닐까. 그곳에는 여자라면 누구나 부러워할 법한 풍만한 언덕이 봉긋 솟아 있었다.

"……왠지 납득이 안 가!"

"왜, 왜 그래? 시스티?"

갑자기 시스티나가 눈물을 글썽이며 분통을 터트리자, 루미아는 깜짝 놀라서 쳐다보았다.

"어 째 서?! 내 저주는 유전됐는데 리엘은 왜 아닌 거야?! 너무 치사하잖아!"

시스티나가 영문을 알 수 없는 이유로 소란을 일으킨 순간―.

"……어, 어머니?"

그제야 세 사람의 존재를 눈치챈 린이 갑자기 걸음을 멈추고 리엘을 응시했다.

"대체 왜 교복을 입고 이런 곳에 계시는 거죠?"

"어?"

"어머니라면…… 리엘?"

시스티나와 루미아는 동시에 당황했다.

"그, 그러고 보니 리엘은 마조인간(魔造人間)이니까……
어쩌면 20년 후에도 모습이 그리 많이 변하지 않은걸지도?"

"아, 그렇구나."

그리고 둘이 납득하는 것과 동시에 린의 손에 난데없이
거대한 검이 출현했다.

리엘이 쓰는 것과 완전히 동일한 초고속 무기 연성술이었다.

시스티나와 루미아는 완전히 굳어버렸고ㅡ.

"어머니이이이이이이이이이이이!"

갑자기 눈에 핏발을 세운 린은 리엘을 향해 섬전 같은 일
격을 날렸다.

"음."

하지만 리엘도 당연히 대검을 연성해서 막아내자 귀를 찌
를 듯한 충격음과 세찬 검압이 주위로 퍼져나갔다.

"꺄아아아아아아아아악?!"

그 여파에 휘말린 시스티나와 루미아는 그대로 낙엽처럼
저 멀리 날아갔다.

"과연 어머니! 이 정도의 기습은 통하지 않는군요!"

"……갑자기 뭐야? 넌…… 내 적?"

린과 리엘은 교차한 검 너머로 서로를 노려보았다.

"시치미 떼지 마세요! 전에 아버지와 더 많은 시간을 보내고 싶다면 먼저 당신을 이기라고 말씀했던 건 당신이셨지 않습니까!"

"……응? 그랬던가?"

"하셨어요! 당신이 늘 찰싹 붙어서 아버지를 독점하고 있으니 저도 그 자리를 차지하기 위해 당신을 쓰러트리겠다고 맹세한 겁니다! 전 오직 그것만을 위해 강해진 거라구요!"

그리고 린은 검을 물리며 뒤로 도약했다.

"자, 여기서 자웅을 겨루는 겁니다! **서로의 목숨을 걸고!** 오늘이야말로 전 당신을 뛰어넘겠습니다!"

"응. 뭐가 뭔지 잘 모르겠지만…… 덤벼."

"《덤비지 마》아아아아아아아아아아아아아아아!"

일촉즉발의 순간, 시스티나가 즉흥 개변으로 【게일 블로】를 발동했다.

"우와아아아앗?! 협공이라니 비겁하다아아아아아아아아!"

그러자 응집된 돌풍이 린을 복도 너머로 밀어붙였다.

"이, 이틈에 가자!"

"이런 데서 소란을 일으키면 못써! 리엘!"

그리고 시스티나와 루미아는 어리둥절한 리엘의 손을 잡아채고 쏜살처럼 달아났다.

"잘 왔다! 결국 이날이 오고야 말았구나! 흠하하하하하!"

뭐, 그런저런 고생 끝에 마침내 오웰의 연구실에 도착했다.

"오늘 너희가 내 앞에 나타나는 건 완벽히 계산대로! 20년에 걸친 실험은 대성공이었던 셈이지! 뭐, 천재인 난 다 알고 있었지만! 하~하하하하하하!"

그러자 겉모습만은 20년이라는 세월을 거쳐 중후한 중년 신사가 되었지만, 언동은 전혀 변한 구석이 없는 오웰이 셋을 맞이했다.

"정말이지! 덕분에 저희는 별 꼴을 다 당했거든요?! 얼른 원래 시대로 돌려보내주세요! 아니, 그보다 제대로 돌아갈 수 있는 거 맞죠?!"

시스티나가 가장 불안하게 여겼던 부분을 물었지만 아무래도 걱정할 필요는 없었던 모양이다.

"당연하지! 애당초 이건 20년 전의 내가 미래로 보낸 너희를 20년 후의 내가 원래 시대로 돌려보내는 계획이었으니 말이다! 실제로 너희는 20년 전에 미래로 보내고 십 몇 분 만에 무사히 돌아왔었지! 그 점은 걱정하지 않아도 돼!"

"후우…… 그건 다행이네요."

시스티나와 루미아는 그제야 안도의 한숨을 내쉴 수 있었다.

"그럼 바로 너희를 원래 시대로 돌려보낼 준비를 시작하마!"

그리고 오웰이 연구실 한복판에 있는 거대한 무언가를 가린 천을 치우자 그녀들을 이 시대로 보낸 『타임보칸 캐논』이 모습을 드러냈다.

"아, 역시 그거군요."

시스티나는 뺨을 실룩이며 대포를 도끼눈으로 노려보았다.

"음! 하지만 전용 마술화약의 조정과 시공간 조준장치의 교정 같은 자잘한 준비를 해야 하니 세 시간만 기다려다오!"

"아, 예. 뭐, 세 시간쯤이야."

하지만 대포에 뭔가 작업을 개시한 오웰이 갑자기 이런 말을 꺼냈다.

"괜찮다면 준비가 끝날 때까지 20년 후의 미래를 한 번쯤 견학해보는 걸 추천하마."

그리고 그가 작업에 완전히 몰두해버리자 소녀들은 갑자기 한가해졌다.

"어쩔래? 루미아."

"으음~ 세 시간이나…… 생각보다 오래 걸리네."

"음…… 빨리 돌아가고 싶은데."

그렇게 말하는 셋의 얼굴은 왠지 약간 지쳐보였다.

"""……"""

그리고 침묵. 하지만 분명 지금쯤 서로 같은 생각을 하고 있을 거라는 예감이 드는 침묵이었다.

"저기, 루미아? 웬만하면 언급하지 않으려고 했는데…… 역시 난 꼭 확인해보고 싶은 게 생긴 거 같아."

이윽고 침묵을 견디다 못한 시스티나가 먼저 입을 열었다.

"……우리 애들?"

"응. 그것도 있지만…… 사실 그보다 더 신경 쓰이는 게 있잖아?"

루미아가 슬쩍 얼버무리려 하자 시스티나는 오히려 핵심을 짚었다.

"우리 애들…… 그 애들의 아빠 대체 누굴까? 우린 대체 누구랑 결혼한 걸까?"

"……."

루미아는 조용히 입을 다물었다.

"그리고…… 따, 딱히 궁금하진 않지만…… 글렌 선생님은…… 대체 누구랑 결혼하신 걸까? ……정말로 딱히 궁금한 건 아니지만."

"……."

계속 침묵을 유지했다.

"결혼이라는 건 잘 모르겠지만…… 난 결혼한다면 글렌이랑 하고 싶어."

하지만 리엘이 천진난만하게 돌발 선언을 해서 한층 더 무거운 침묵이 내려앉았다.

"……찾아볼까?"

"……응."

결국 셋은 같은 결론에 도달한 모양이었다.

"저기, 선생님이랑 결혼한 사람이 누가 됐든 서로 원망하지 말기다?"

"그, 그 인간이 누구랑 결혼하든 나랑 저, 전혀 상관없거든?! ……응. 그래. 원망하지 말자."

루미아와 시스티나는 안절부절 못 하며 긴장한 기색이었다.

"……난 글렌이 우리 셋 중 한 명이랑 결혼했으면 좋겠어."

그리고 리엘이 여느 때와 다름없는 평탄한 목소리로 다시 한 번 핵심을 찌르는 것과 동시에 소녀들의 미래가 걸린 극비 미션이 마침내 막을 올렸다.

"……그런데 어떻게 조사하면 좋을까?"

"슈더 교수님은 물어봐도 의미심장하게 웃기만 하고 알려주진 않으셨으니……."

시스티나, 루미아, 리엘은 복도를 살금살금 걷고 있었다.

"가장 빠른 건 우리 애들한테 직접 물어보는 거겠지."

"으으…… 하지만 걔들이랑 만나는 건…… 왠지 마음이 무겁달까……."

시스티나가 한숨을 내쉰 그때—.

퍼어어어어엉!

어마어마한 폭발음과 동시에 건물이 흔들렸다.

"뭐, 뭐야! 방금 그 소린!"

"아마 안뜰 쪽에서 들린 것 같은데……."

셋은 당황했다.

"시, 시작했어~!"

"우리 학교의 명물 트리오! 페리나, 루밀리아, 린의 인의 없는 모녀 싸움이다~!"

"어서 안뜰로! 그녀들의 싸움을 놓치면 안 돼!"

그러자 몇 명의 학생이 그리 외치고 셋의 옆을 빠르게 지나쳐갔다.

"……시스티."

"응."

소녀들은 서로의 눈을 마주보고 고개를 끄덕인 후 학생들의 뒤를 쫓았다.

마술학원 안뜰.

"시끄럽다고, 이 망할 할망구! 날 좀 내버려둬!"

"아하하, 엄마. 이 고급 브랜드 백 좀 보세요. 제이 군한테 졸랐더니 사줬답니다♪"

"이왕 이렇게 됐으니…… 그 목숨, 받아가겠습니다, 어머니."

"부, 부모한테 대체 그게 무슨 말버릇이니?! 이제 슬슬 옷 좀 제대로 차려입고 성실하게 공부나 해!"

"……루밀리아, 남자는 네 지갑이 아니라고 했지? 아무래도 오늘은 혼 좀 내야겠네."

"……응. 린. 또 강해졌네. 그래도 아직 약해. 난 못 이겨."

그곳에서는 미래의 자식들과 말쑥한 옷차림의 세 여성이 대치 중이었다.

여성들의 정체는 당연히 나이를 먹고 눈부실 정도로 아름답게 성장한(한 명은 거의 그대로였지만) 시스티나 일행이었다.

참고로 성장한 시스티나의 가슴은 역시 그대로였다.

"아, 악몽이야……."

"저, 정신 차려! 시스티!"

이마를 짚고 비틀거리는 시스티나를 루미아가 황급히 부축했다.

한편, 미래의 자신들은 딸들과 말다툼을 하고 있었다.

"애초에 치사하다고! 맨날 엄마들만 아부지를 독점하다니! 아부진 댁들만의 소유물이 아니잖아!"

"어, 어쩔 수 없잖니! 그이는 일 때문에 매일 바쁜걸! 휴일 정도는 우리도……."

"말해봤자 소용없어, 페리나 언니. 그보다 엄마들한테서 어떻게 해야 아빠를 뺏어올지를 고민하는 편이 더 빠를걸?"

"얘가 정말! 내가 남자는 물건이 아니라고 그토록……."

"루밀리아 언니의 말이 맞습니다, 페리나 언니. 역시 힘으로 뺏어오죠."

"응. 좋은 배짱. 하지만 글렌은 못 넘겨줘. 덤비렴."

"……응? 으으응?!"

그런 모녀간의 대화를 들은 시스티나는 비지땀을 폭포수

처럼 쏟기 시작했다.

"대, 대화 내용이 왠지 좀 이상하지 않아?! 으응?!"

"아하하, 그러게. ……이상하네."

루미아도 심경이 복잡한지 미묘한 미소를 짓고 있었다.

"어쩌면…… 글렌 선생님은……."

"아니야!"

시스티나는 척수반사적으로 루미아의 말을 끊었다.

"그럴 리 없어! 그, 그것만은 절대로 아니야! 아무리 변변찮은 인간이라지만! 그것만은……!"

그리고 루미아와 리엘의 등을 떠밀면서 왔던 길로 돌아가려 했다.

"돌아가자! 역시 미래 같은 건 알아봤자 하나도 좋을 거 없어! 얼른 원래 시대로 돌아가서 여기서 보고 들은 건 전부 잊어……."

바로 그때였다.

"야, 글렌. 저것 좀 봐. 쟤들, 또 저런다."

20년 후에도 얼굴이 조금도 변하지 않은 세리카가 눈앞을 지나갔다.

"……에휴. 내 아내들과 딸들이지만, 진짜 못 말리겠구만."

그리고 한 남성이 어이없는 표정으로 그녀의 뒤를 따라 걷고 있었다.

20년이라는 세월을 거쳐 중후한 관록이 붙기는 했어도 틀림없었다.

글렌 레이더스였다.

"뭐, 그런 점이 귀여운 거지만 말야. 하하, 저런 멋진 가족들이 있는 난 참 행복한⋯⋯."

《이·변변찮은 인간이》이이이이이이이이이잇!"

순간적으로 눈이 돌아간 시스티나가 주문을 외치자, 대폭발이 미래의 글렌을 직격했다.

"우와아아아아아앗?! 뭐야 이 왠지 그리운 감각으으으은?!"

"야, 이 화상아!"

새빨개진 얼굴로 이성을 잃은 시스티나는 새카맣게 그을린 글렌의 멱살을 잡고 일으키더니 그대로 마구 흔들면서 외쳤다.

"대체 무슨 짓을 저지른 거냐구요! 설마 정말로 저희 셋 전부한테 손을 댄 거예요?! 교사가 제자를?! 진짜 믿을 수가 없어!"

"어어?! 넌 하얀 고양이?! 혹시 오웰 그 멍청이가 말한 20년 전의?! 그게 진짜 사실이었어?!"

"백 보 양보해서 우리 셋 중 누군가랑 결혼했다고 쳐도! 설마 삼중혼(三重婚)?! 하렘?! 남자의 망상?! 바보 아녜요?! 사람이 해도 좋은 일과 나쁜 일도 구별 못 하는 거냐구요!"

"야, 야. 좀 진정해, 20년 전의 시스티나."

그러자 세리카가 시스티나의 어깨를 두드리며 진정시켰다.

"그건 그렇고 파릇파릇한 시절의 너희 모습을 다시 보니 왠지 그때가 그리운걸~. 이제 와선 내가 훨씬 더 연하처럼 보이니 말이지. ……한 명만 제외하고."

"아, 아, 아르포네아 교수님?!"

시스티나는 세리카를 확 노려보았다.

"교수님은 괜찮으신 거예요?! 이 상황이! 선생님이 저희 셋이랑 동시에 결혼하다니! 이건 윤리적으로 허락될 리가……!"

"어? 나?"

하지만 세리카는 실실 웃더니 수줍어하며 말했다.

"나야 가족이 잔뜩 늘어나서 기쁘지. 귀여운 며느리들과 손녀들에게 둘러싸여서 엄청 행복한데? 이게 천국이 아니고 뭐겠어."

"하긴 교수님은 원래 그런 분이셨죠!"

질문할 대상을 완전히 잘못 골랐다.

"역시 선생님이 문제예요! 이게 대체 어떻게 된 거죠?! 설명하세욧!"

시스티나는 결국 다시 글렌을 추궁할 수밖에 없었다.

"아니, 그야 나도 세 여자랑 동시에 결혼하는 건 당연히 말도 안 된다고 생각했지. ……아무리 나라도 그런 분별력은 있어."

"그럼 도대체 왜?!"

"그야…… 그건 분명 너희가 졸업하고 한참 뒤의 일이었는데…… 어느 날 갑자기 너희가 엄청 진지한 얼굴로 찾아와서 너희 셋과 결혼해달라고 그러더라고."

"예?!"

"당연히 난 바보 같은 소리하지 말라고 몇 번이나 거절했다? 그런데 너희가 그렇지 않으면 우린 행복해 질 수 없다고 울면서 애원해서…… 그래서, 뭐 나도 남자로서 각오를 다질 수밖에 없었달까……."

"싫어어어어어어어어어어어어어어어어!"

알고 싶지도 않았던 경악스러운 진실에 시스티나는 절규했다.

"루루루, 루미아?! 어어어, 어쩌지?! 이게 전부 다 우리 때문이었대~!"

"난 그래도 상관없는데……."

"응. 다 같이 글렌이랑 결혼해서 다행이야."

"루, 루미아? 리엘? 너희 지금 제정신이니?!"

상황은 혼란의 극치에 다다르고 있었다.

"얘들아~ 글렌이랑 나 왔다."

"""앗! 어서 오세요~!"""

하지만 세리카는 개의치 않고 저쪽에 말을 걸었다.

그러자 페리나, 루밀리아, 린이 눈을 반짝이며 이쪽으로 달려왔다.

"아부지! 할머니! 내 얘기 좀 들어봐! 이번에 또 원정 가서 불량서클을 네 개나 박살내고 왔어! 부하도 5천 명을 넘겼으니 이젠 전국 재패도 꿈이 아니라고!"

"전 이달에만 새 남친이 열네 명이나 늘었어요. 이제 유력 정부 고관들은 거의 다 제 부하랍니다, 에헷♪"

"전 언니들만큼 대단하진 않지만…… 제국군 소속 군인 천 명과 대련을 해서 전승을 거뒀습니다."

"오, 다들 대단하잖아!"

"하하, 과연 내 손녀들답군. 장하다 장해!"

글렌과 세리카는 흐뭇하게 웃으며 페리나와 루밀리아와 린의 머리를 쓰다듬어주었다.

"이상해! 이상하다구! 칭찬할 요소가 대체 어디 있다는 거야?!"

"그렇다면 내 자랑스럽고 귀여운 손녀들에겐 선물을 줘야겠군. 『절대적인 힘을 지닌 악마를 부하로 삼는 금기의 마도서』, 『쳐다보기만 해도 남자를 완전히 매료시켜서 지배하는 마안(魔眼)』, 『모든 물질을 반드시 절단하는 금단의 마검』…… 어때? 마음에 들어?"

"""와~ 고맙습니다! 사랑해요 할머니!"""

"애들한테 대체 뭘 주는 거냐구요오오오오오오!"

이미 아무도 듣고 있지 않은데도 시스티나는 쉬지 않고 태클을 걸었다.

"아부지! 할머니! 내 말 좀 들어봐! 엄마가 또 학생답게 공부나 하라고 잔소리하는 거 있지?!"

"저희는 이제 더 공부할 것도 없는데 말예요. 전 아빠랑 할머니의 가르침 덕분에 이미 백마술의 최고 경지에 도달했고……."

"그치?! 나도 아부지랑 할머니 덕분에 흑마술의 최고 경지에 도달했는걸! 이젠 공부할 필요 없는 거 맞지?!"

"전 연금술입니다. 이제 이 제국에서 저희와 견줄 수 있는 실력자는 할머니를 제외하면 없을 걸요."

"진짜로?! 아니, 아무리 그래도 재능이 너무 뛰어나잖아! 우리 딸들!"

"자자, 너희 엄마들도 다 너희 장래를 걱정해서 그러는 거란다. 그러니 너무 나쁘게만 생각하진 말고."

"하, 할머니…… 그치만."

"하지만 너희는 이미 어엿한 한 사람의 마술사이기도 해. 그러니 속박되고 싶지 않은 마음도 이해 못하는 건 아냐."

"엥?! 아니, 잠깐만요! 여기선 이해해주면 안되죠!"

"……그렇다면."

세리카는 씨익 웃었다.

"마술사와 마술사가 서로의 주장을 굽히지 않고 양보할 수 없는 상황이 됐을 때…… 해야 할 일은 예부터 단 하나밖에 없어. ……뭔지 알지?"

손녀들이 일제히 고개를 끄덕였다.

"홋……『그대 바라는 것이 있다면 타인의 소망에 화로를 지펴라』."

그리고 세리카는 머리 위로 양 손을 교차시키며 외쳤다.

"Let's fight!"

"우오오오오오오오오오오오! 뒈져!"

"아하하! 오늘이야말로 정신 지배 마술로 제 하인으로 만들어드릴게요! 엄마!"

"벤다! 이야아아아아아아아아아압!"

그러자 딸들은 미래의 시스티나 일행을 향해 일제히 몸을 날렸다.

"부채질하지 마아아아아아아아아아아!"

결국 시스티나는 하늘을 향해 절규할 수밖에 없었다.

"애들이 보자보자 하니까?! 오늘 아주 혼쭐을 내주겠어!"

"오너라! 《은 열쇠》!"

"아직 어설퍼! 이야아아아아아아아아아아압!"

미래의 시스티나 일행도 딸들을 정면에서 요격한 순간, 마술학원 안뜰은 벼락과 불꽃이 휘몰아치고 시간과 공간이 뒤틀리며 사나운 금속성을 울리는 지옥의 전장으로 변모했다.

"아, 진짜! 뭐야! 이게 대체 뭐냐구우우우우우우우!"

그야말로 천재지변이나 다름없는 모녀간의 싸움 앞에서 시스티나는 머리를 감싸 쥐며 그 자리에 무릎 꿇을 수밖에 없었다.

"노, 농담이지? 꿈…… 맞아, 이건 다 꿈이야! 꿈! 꿈이라면 빨리 깨란 말야!"

그 순간—.

"훗! 내 진정한 실력을 보여주지! 《그대는 섭리의 원환으로 귀환하라·오대원소는 오대원소로·상과 섭리를 잇는 인연은 괴리할지니》……."

페리나가 뭔가 불길한 주문을 영창하기 시작했다.

"어? 저 주문은…… 설마?"

"이거나 먹으쇼! 엄마! 할머니가 직접 전수한 흑마 개량형【익스팅션 레이】이이이이이이!"

"아니, 손녀한테 대체 뭘 가르친 거냐구요오오오오오!"

시스티나가 혼신의 태클을 날리는 한편, 페리나의 손에서는 극광의 파동이 방출되었다.

"아직 느리구나, 내 딸!【익스팅션 레이】!"

"미래의 나도 굉장해?!"

하지만 미래의 시스티나도 같은 주문으로 대응했다.

정면에서 격돌한 두 개의 궁극 주문은 당연히 어마어마한 대폭발을 일으켰고 시야가, 세상이 빛으로 새하얗게 물들어가기 시작했다.

"이젠 다 싫어어어어어어어어어어어어어어어!"

그렇게 시스티나의 절규는 압도적인 빛과 소리의 홍수 속에 완전히 집어삼켜지고 말았다.

그리고—.

"……헉?!"

책상 위에 엎드려 있던 시스티나는 화들짝 놀라며 고개를 쳐들었다.

"하아……! 하아……!"

세차게 뛰는 심장. 불처럼 뜨겁고 거친 숨소리.

고개를 세차게 젓고 주위를 확인하자, 램프의 불빛이 사방을 둘러싼 책장을 어슴푸레하게 비추는 이곳은 아무래도 마술학원 부속 도서관의 열람실인 듯했다.

맞은편에서는 루미아와 교과서를 펼친 채 리엘에게 공부를 가르쳐주고 있었고 책상 위에는 참고 문헌이나 공책들이 어지러이 흩어져 있었다.

"아, 깼어?"

시스티나가 잠에서 깬 것을 본 루미아가 밝게 웃었다.

"요즘 너무 무리한다 싶더니…… 피로는 좀 풀렸니?"

'그래, 맞아. 난 루미아랑 리엘이랑 방과 후에 내일 볼 마술법학 시험공부를 하고 있었는데…… 왠지 갑자기 잠이 와서…… 한숨 붙이려고…….'

즉—.

"방금 그건 전부 꿈…… 그래, 꿈이었던 거구나. 후우~."

시스티나는 진심으로 안도했다.

그렇다. 오웰이 그런 정신 나간 대포를 발명한 사실 따윈 존재하지 않았다. 시스티나 일행이 미래에 갔던 것도 전부 꿈이었던 것이다.

'어, 어째 이상하다 했어. ……교수님들이 아무리 대단하다지만, 시공간 전이를 모던으로 재현할 수 없다는 건 예전에 이미 증명됐는걸. 거기다 중혼은 애초에 법률 위반…… 으으, 꿈이라는 걸 좀 더 빨리 눈치챘어야 했는데.'

시스티나는 잠이 덜 깬 눈을 비비며 교과서로 시선을 내렸다.

마술법학, 마술에 관련된 법률에 관한 교과서였다.

펼쳐진 페이지에는 마술사의 결혼에 관한 각종 법 조항이 기재되어 있었다.

중혼. 이건 현재는 법적으로 금지되어 있지만, 예전까지만 해도 후세를 위해 반드시 피를 남겨야 하는 마술사에게는 특별히 허용되어 있었다고 한다.

'물론 농담이겠지만, 루미아가 만약 중혼이 가능하다면 어쩔 거냐고 해서 그 주제로 떠들다가 그만 깜빡 잠이…… 그래서 그런 꿈을 꾼 걸까?'

시스티나는 성대하게 한숨을 내쉬고 교과서를 덮었다.

"왜 그래? 시스티."

"응. 시스티나, 왠지 좀 이상해."

"아, 아무것도 아냐."

시스티나는 일어나서 기지개를 켜고 심호흡을 하면서 아직도 세차게 뛰고 있는 심장을 진정시키려 했다.

'만약 내가 장래에 결혼해서 아이를 낳는다면…… 응. 교육이랑 예의범절만은 제대로, 빠짐없이, 확실히 가르쳐야겠어. 반드시. 응!'

그리고 미래의 자신에게 맹세했다.

"야, 너희들. 슬슬 폐관할 시간이다. 그만 집에 가라."

마침 그때 통로 안쪽에서 글렌이 어슬렁어슬렁 걸어왔다.

"뭐, 그래도 열심히 공부한 건 칭찬해주마."

"앗! 선생님?!"

아직도 비몽사몽한 상태였던 시스티나는 반사적으로 이렇게 외쳤다.

"미리 말씀드리는 거지만! 선생님과 제 아이 교육은 제가 도맡아서 예의범절부터 철저하게 가르칠 거예요! 전 선생님 같은 적당한 방임주의는 절대로! 절대로 인정 못 한다구요!"

""""……""""

그 말을 들은 글렌, 루미아, 리엘의 눈이 점이 되었다.

"……아."

그렇게 압도적으로 어색한 침묵이 주위를 지배하자 시스티나는 그제야 자신이 무슨 말을 한 건지 자각한 듯 뺨을 실룩거리다가 새빨개졌다.

"저기~ 하얀 고양이? 뜬금없이 그게 뭔 소리냐? 너, 머리 괜찮아?"

"꺄아아아아아아아아아아아아아아아아아아아아아아악!"

완전히 공황상태에 빠져서 울상이 된 시스티나는 글렌을 향해 손에 잡히는 대로 책을 집어던졌다.

"아얏! 어어?! 뭐야! 내가 대체 뭘 했다고!"

"잊어버려요! 잊어주세요! 제발 잊어달라구요오오오오!"

"으아아앗?! 아니, 대체 뭐냐고! 이 불합리한 상황은! 나 울어도 돼?!"

이래저래 마술학원은 오늘도 평화로웠다.

특무분실의 변변찮은 인간들

Bastards of the Special Missions Annex

Memory records of bastard
magic instructor

르바포스 성력 1853년 그람의 달 10일.

자유도시 밀라노에서 개최한 세계 마술제전과 알자노—레자리아 정상회담. 그리고 그 이면에서 시작해버린 『사신 소환 의식』.

아무런 전조도 없이 시작된 세계 멸망의 카운트다운에 세계 각국이 극심한 혼란에 빠진 가운데, 마침내 추악한 야심을 드러낸 알자노 제국군 통합 참모본부장 아젤 르 이그나이트 경은 알자노 제국 여왕 알리시아 7세에 대한 쿠데타를 일으켰다.

이그나이트 경이 이끄는 반란군의 발 빠른 움직임과 압도적인 병력 차로 인해 여왕군은 속절없이 패배하고 도주. 그리하여 밀라노는 완전히 반란군의 지배하에 놓이게 되었다.

한편, 그 무렵.

여왕의 심복이기도 한 제국 궁정 마도사단 특무분실의 멤버들—《별》알베르트, 《법황》크리스토프, 《은둔자》버나드는 여왕을 궁지에서 구하기 위해 행동을 개시하려 했다.

하지만 마침 전황을 고착 상태에 빠트리기 위해 방해공작을 펼친 하늘의 지혜 연구회 제3단 천위【신전의 수령】파웰 퓌네와 피치 못할 교전을 벌이게 되었고, 그의 차원이 다른 강함에 패배해 전투불능 상태까지 내몰린 그들은 결국 반란군의 이목을 피하기 위해 다친 몸을 이끌고 어딘가에 잠복할 수밖에 없었다.

상황은 한 마디로 말해 최악.

그렇게 특무분실의 셋은 전대미문의 위기에 몰려 있었다.

밀라노에 있는 어느 변두리 성당의 지하묘지.

"알베르트 씨, 버나드 씨…… 몸은 좀 어떠세요?"

부드럽게 웨이브진 머리카락이 특징인 십대 후반의 소년, 크리스토프의 걱정스런 목소리가 비좁은 공간에 울려 퍼졌다.

조금 전의 전투에서 큰 부상을 입은 그는 묘지 안에 늘어선 돌기둥 옆에 힘없이 주저앉아 있었다.

"크아~! 뭐, 아주 그냥 최악이지! 아파! 너무 아파! 울고 싶어!"

바닥에 안치된 관 위에 앉은 초로의 남성, 버나드는 힘없이 고개를 떨구며 어린애처럼 칭얼댔다.

"우린 이번 전투에서 치유 한계에 도달했으니 당분간은 힐러 스펠이 거의 듣지 않을 거다. ……자연치유력에 의지할 수밖에."

돌로 된 벽에 기대어 선 알베르트의 목소리도 여느 때보다 무거웠다.

둘 다 크리스토프처럼 큰 부상을 입었는지 거의 반쯤 넝마가 된 마도사 예복이 군데군데 피로 물들어 있었는데, 특히 알베르트의 경우엔 오른팔이 완전히 부러진 것처럼 축 늘어져 있었고 오른쪽 눈은 붕대로 대충 감아두기만 한 상태였다.

벽에 뚫린 공동과 바닥에 누구 것인지 모를 관들이 깔려 있는 비좁은 지하묘지 한복판에 마치 모닥불처럼 주위를 비추는 마술광(魔術光). 그 흐릿한 빛에 드러난 세 마도사의 표정은 더없이 심각했다.

"게다가 우리 셋은 현재 마력과 체력 소모도 심해서 전투 능력이 현저히 떨어진 상태다. 기껏해야 평소의 3할 정도 수준이겠지."

알베르트의 냉정한 분석에 버나드는 씁쓸한 표정을 지었다.

"바깥 상황은 어떻지? 크리 도령."

"음…… 마술로 계속 관측하고는 있지만, 역시 좋지는 않습니다."

크리스토프는 밀라노 시내에 은밀하게 펼쳐둔 색적 결계를 들여다보며 힘없이 고개를 가로저었다.

"여왕 폐하의 행방은 불명입니다. 현재 반란군의 동향과 배치 상태를 봐선 사로잡히거나 전사하셨을 가능성은 지극히 낮지만…… 이건 거꾸로 말하면 순조롭게 밀라노를 탈출하셨을 가능성도 낮다고 봐야겠죠."

"흐음? 그렇다면 알리시아는 대체 어디로 간 거지?"

버나드가 의문을 표하자 알베르트가 대화에 끼어들었다.

"밀라노 전역의 영맥(靈脈)^{레이라인} 변동치로 추측하건대…… 아마 이계화 결계를 써서 밀라노 어딘가에 숨으신 거겠지. 이 밀라노에는 《왕의 법》^{아르스 마그나} 능력을 지닌 루미아 틴젤이 있으니, 그녀의 힘을 이용하면 결코 불가능한 일은 아닐 거다."

"아하~ 그렇다는 건 알리시아와 함께 있는 글렌 도령이 뭔가 수를 쓴 게로군?"

"평소엔 미덥지 못하지만, 비상시에는 빈틈이 없는 남자다. 아마 그렇겠지."

버나드가 무심코 입가를 끌어올리며 자신의 추측을 밝히자 알베르트는 고개를 끄덕였다.

"다만, 만약 폐하께서 정말 이계에 숨으신 거라면 그건 그저 시간벌기에 불과해. 세계는 모순을 용납하지 않아. 급조된 이계는 언젠가 반드시 붕괴할 거다."

"뭐, 그렇겠지. 이 틈에 뭔가 손을 써둬야…… 크리 도령? 혹시 저쪽과 연락을 취할 수는 없나?"

"그건…… 죄송합니다. 무리예요."

버나드의 질문에 크리스토프는 힘없이 고개를 저었다.

"만약 저희 예상대로 이계에 숨으신 거라면 저희가 있는 현세와는 다른 위상(位相)에 계신 거라 마술로는 아예 연락 자체가 불가능합니다."

"하긴 그렇겠군."

버나드가 머리를 긁적이며 한숨을 내쉬자 알베르트도 입

을 열었다.

"애당초 우리의 잠복 상태도 완벽하진 않아. 저쪽에 마술로 뭔가 정보를 전하려 한 순간, 바로 마술회선이 방수돼서 이쪽 위치를 탐지당할 거다."

"아~ 그러고 보니 리디아는 확실히 빈틈이 없어보였지. ……그렇게 되면 전투능력이 바닥을 기는 상태인 우린 단숨에 끝장나겠구만."

"밖에선 머릿수의 이점을 살린 반란군이 밀라노 전역에 병력을 격자형으로 전개한 상태입니다. 하다못해 아군과 연계가 되지 않는다면 저희의 승산은 한없이 제로에 가까워지겠죠."

"으으음…… 지금 저쪽엔 글렌 도령 말고 이브도 있었지? 아군과 반란군의 전력 차는 확실히 절망적이네만, 혹시라도 그 녀석이 지휘를 잡는다면……."

"글쎄. 그 여자는 저래 보여도 정신적으로 나약한 구석이 있어. ……이쪽에 가세한다는 건 다시 말해, 친아버지와 언니와 완전히 적대 관계로 돌아서겠다는 셈이니 과연 제대로 지휘를 할 수 있을지 의심스럽군."

"그것도 그렇겠구만. ……그 아이는 의외로 멘탈이 약한 게 흠이니 말일세."

버나드의 깊은 한숨이 어두컴컴한 지하묘지 안으로 흩어졌다.

상황을 정리하면 할수록 모든 면에서 최악의 상황이었기 때문이다.

불리한 점과 불안요소만 산적했고 유리한 점은 전혀 짚이는 데가 없었다.

이게 만약 체스였다면 그 어떤 달인이라도 즉시 두 손 들고 포기 선언을 할 정도의 상황.

하지만―.

"……음? 크리 도령?"

문득 버나드가 의아한 목소리로 크리스토프에게 말을 걸었다.

"자네, 괜찮은 겐가? 이런 막다른 상황에서 웃음이 나오다니……."

"……예? 제가 방금 웃었나요? 실례했습니다."

그러자 크리스토프는 입가를 가리며 말했다. 그리고 손으로 얼굴을 더듬자 확실히 버나드의 지적대로 어느새 입가에 미소가 드리워졌다는 사실을 깨달을 수 있었다.

"거 참…… 어째 아직 여유가 있나 보구만? 정말로 괜찮은 거 맞아?"

버나드가 어이없는 목소리로 우려를 표하자 알베르트도 여전히 날카로운 표정으로 크리스토프를 지그시 쳐다보았다.

"하하하, 아뇨. 죄송합니다. 딱히 여유가 있는 건 아니지만……."

그러자 크리스토프는 약간 겸연쩍은 얼굴로 쓴웃음을 흘리며 관자놀이를 긁적였다.

"……왠지 그때랑 좀 비슷하다 싶어서요."

"그때?"

"예. 뭐, 벌써 몇 년 전 일이지만요."

천천히 고개를 끄덕인 크리스토프는 지하묘지의 천장을 슬쩍 올려다보았다.

그리고 어렴풋한 과거의 기억을 떠올리기 시작했다.

————.

크리스토프 프라울은 결계마술의 대가 프라울 출신의 젊은 마술사다.

같은 귀족인 이브의 이그나이트가와 달리 그의 프라울가는 무문(武門)이 아닌 진리를 탐구하는 연구자로서의 측면이 강한 마술사의 가계였다.

하지만 어릴 적부터 여왕 알리시아 7세와 만난 적이 있던 그는 마치 일찍 사별한 어머니처럼 자신을 대해준 여왕의 자애로움, 그리고 그녀의 탁월한 능력과 카리스마에 심취해 어느새 가문의 비전 마술결계를 이 제국을 위해, 여왕을 위해 쓰길 원하게 되었다.

그래서 크리스토프는 가문의 오랜 반대를 무릅쓰고 알자

노 제국군 사관후보 학교에 입학하여 직업 군인으로서의 마술사, 즉 『마도사』의 길을 목표로 삼게 된 것이다.

하지만 벌레도 함부로 죽이지 못하는 온화하고 착한 성격의 그는 당시에는 군인으로서의 적성이 전혀 없다는 평가를 받았다. 군사학교 입시 당시의 적성시험 감독관도 마지막 순간까지 그를 떨어트릴지 말지 고민했을 정도다.

하지만 그에게는 숨겨진 본성— 온화한 성격에 가려진 불굴의 투지와, 누구에게도 지지 않는 여왕에 대한 충성심이 존재했다.

그래선지 입학 당시에는 평범했지만 꾸준하고 강도 높은 단련을 거친 현재는 점차 두각을 드러내고 있었다. 그의 가치를 눈여겨본 자들 사이에서는 『직접적인 전투에서는 그리 눈에 띄지 않지만, 결계마술을 빠르게 전개해서 부대의 전술을 대폭 넓힐 수 있는 희귀한 인재』라는 높은 평가를 받는 마도사로 성장 중이었다.

그리고 이것은 알자노 제국 사관후보 학교에서 그런 충실한 나날을 보내던 그가 졸업과 임관을 눈앞에 둔 어느 날에 일어난 일이었다.

알자노 제국 수도인 제도 오를란도 교외에 있는, 다섯 개의 거탑으로 이루어진 궁정 마도사단의 총본산 『업마(業魔)의 탑』.

"여, 크리스토프! 오늘 모의전 결과는 좀 어때?"

개인적인 용무로 복도를 걷고 있던 크리스토프는 갑자기 누가 뒤에서 달려드는 통에 헛발을 디뎠다.

"아차차…… 안녕, 베어."

그 인물의 정체를 확인한 크리스토프는 쓴웃음을 흘렸다.

선이 가는 자신에 비해 체격이 훨씬 큰 데다 왠지 악동 같은 인상을 주는 이 소년의 이름은 베어 프리덴. 어딘가 여성적인 분위기를 풍기는 자신과 외모와 기질이 정반대인 그는 같은 기수의 동기이자 사관후보 기숙사의 룸메이트이기도 했다.

"참고로 난 전승이었어. 요즘 들어서 아주 절호조라고!"

"아하하, 대단하네. 베어. 난 한 번도 못 이겼어. ……물론 지지도 않았지만."

"아~ 하긴 오늘 규칙대로라면 역시 그렇게 되나."

베어는 쓴웃음을 흘리며 크리스토프의 어깨를 가볍게 두드렸다.

"응. ……난 너와 달리 어설트 스펠에 결정력이 없으니 말야. 그런 점에선 네가 부러워."

"그게 무슨 소리야? 그런데도 지지 않은 게 더 대단한 거잖아. 그리고 넌 1대 1 싸움에선 제대로 역량을 발휘할 수 없는 타입이기도 하고."

베어는 씨익 웃으며 말했다.

"팀전이었다면…… 그러고 보니 네가 소속된 팀은 올해 들어서 한 번도 안 졌지?"

"그랬던가?"

"그렇다고. 제대로 기억해둬. 그래서 난 항상 너랑 같은 팀이 되고 싶은 거고, 솔직히 운 나쁘게 네가 적팀에 걸리면 그땐 이기는 걸 포기할 정도야."

베어가 과장스럽게 어깨를 으쓱이자 크리스토프는 쓴웃음을 흘렸다.

지옥 같은 3년간을 버티며 쌓은 인연이 느껴지는 대화 내용이었다.

"그건 그렇고 오늘 모의전은…… 어째 윗대가리들이 많이 와서 구경하더라?"

"우리가 졸업할 날이 머지않았으니까. 제국군 각 부서에서 필요한 인재를 현시점에서 체크하려는 게 아닐까?"

"역시 그렇겠지?"

그러자 베어는 조심스럽게 주위를 살피더니 크리스토프에게 귓속말을 건넸다.

"사실 이건 우리끼만 하는 얘긴데…… 그 크로우 오검 백기장이 나한테 졸업하면 자기네 부서로 오지 않겠냐고 권하더라."

"……크로우 백기장? 그럼 그 정예 전투부대인 제국 궁정 마도사단 1실의 스카우트를 받았다는 거야? 굉장하잖아!"

제국군에는 다양한 부대와 부서가 존재하지만, 그중에서도 제국 궁정 마도사단 1실은 제국군 중에서도 최정예로 대우받는 최강 부대 중 하나였다. 하물며 직접적인 전투 행동에 관해서는 감히 견줄 부대가 없다고 일컬어질 정도다.

　크로우 오검은 그런 1실의 에이스로 유명한 인물이었다. 그런 인물이 직접 스카우트에 나설 정도라면 베어 역시 현시점에서 큰 기대를 받는 유망한 인재라는 뜻이리라.

　"하하, 고맙다. 뭐랄까…… 가난뱅이 귀족의 삼남인 나도 이제야 겨우 남들의 인정을 받게 된 거 같아서 기쁘긴 해. 뭐, 아직 어떻게 될 지 확실한 건 아니지만."

　베어는 수줍게 코를 긁으면서 계속 말했다.

　"그보다, 크리스토프. 넌 어때? 솔직히 내가 보기엔 너도 스카우트들이 가만 두지 않았을 것 같은데 말야. 우리 사이에 숨기지 말고 말 좀 해봐."

　"으음……."

　그러자 크리스토프는 뺨을 긁적이며 조심스러운 태도로 말했다.

　"실은 왕실 친위대(로열가드)에서 권유가 오긴 했는데……."

　"로, 로열가드?!"

　베어는 경악할 수밖에 없었다.

　로열가드. 여왕 폐하와 왕실을 직접 수호하기 위해 『선택받은』 자들로 구성된, 제국군에서도 가장 영예로운 부대.

물론 실력면에서도 1실과 어깨를 나란히 하는 최강 부대 중 하나다.

"신병이 졸업하자마자 로열가드의 스카우트를 받았다는 이야기는 난생 처음 듣거든?!"

"거기다 제국 궁정 마도사단 정보조사실, 제도방위 근위 기사단, 국경 경비사단 제1 마도전대…… 그리고 제국 마도 기술 개발국에서도……."

"하, 하나같이 유명한 정예 부대뿐이잖아!"

베어는 거칠게 크리스토프의 목에 팔을 둘렀다.

"야, 인마! 그러면서 혼자만 모르는 척 딴청을 부렸다 이 거야?! 너무 부럽잖아! 요게! 요게!"

"미, 미안! 딱히 숨길 생각은 없었어!"

베어가 장난으로 팔로 목을 조르자 크리스토프는 허둥지 둥 탭을 쳤다.

"뭐, 역시 나처럼 전투밖에 할 줄 모르는 놈보단 네가 더 귀중한 전력이라는 거겠지. 너 하나만 있어도 전술의 폭이 넓어지고, 동료의 힘을 끌어내기도 쉬울 테니 말이야."

"그런가?"

"그렇다고. 아무튼 그래서? 넌 어디로 가고 싶은 건데?"

베어는 크리스토프의 옆얼굴을 들여다보며 말했다.

"역시 로열가드냐? 하긴 그렇겠지? 넌 여왕 폐하의 엄청 난 팬이니까."

"……."

하지만 크리스토프는 잠시 입을 다물었다.

"……베어. 실은 날 스카우트하겠다는 부서가 하나 더 있었는데……."

"뭐?! 또 있다고? 대체 어디야! 당장 실토해!"

그리고 흥미진진하게 눈을 반짝이는 베어에게 사실을 밝혔다.

"제국 궁정 마도사단 특무분실……."

그 순간, 베어는 기겁해서 외쳤다.

"트, 특무분실~?!"

"응. 1지망은 역시 네 말대로 로열가드지만…… 왠지 그쪽도 이상하게 신경이 쓰여서……."

크리스토프가 난처한 표정을 짓자 베어는 황급히 말했다.

"그, 그만둬! 다른 곳은 몰라도 특무분실만은 절대로 안 된다고!"

"베어?"

"아니, 확실히 1실이나 로열가드가 표면상의 최강 부대라면 특무분실야말로 이면의 최강 부대라는 소문이 있어서 동경하는 녀석들도 많지만! 이건 친구로서 하는 경고야. 그곳만은 절대로 가지 마!"

크리스토프가 눈을 깜빡거리자 베어는 겁을 주듯 설명했다.

"일단 공표할 수 없는 더러운 임무나 뒷세계의 일만 맡는다나 봐. 거기다 위에서 내려오는 임무들도 죄다 초고난도. 그런 위험한 임무만 맡다 보니 병력 소모율이 격심해서 인원 교체도 빈도가 엄청 높다더군. 덕분에 지금도 공석이 몇 개나 있다고 해. 안정적이고 평화로운 인생을 보내고 싶다면……."

"고마워, 베어. 날 걱정해서 해주는 말이지? 하지만 그런 인생을 원했으면 난 애당초 군대에 들어오지도 않았을 거야."

크리스토프는 피식 웃었다.

"이 짧은 목숨으로 무엇을 이루어내고 어떻게 살아갈지. 난 그걸 알고 싶어서 여기로 온 거야. ……그리고 그건 너도 마찬가지잖아?"

"뭐, 그건 그렇다만…… 후우~. 그러고 보니 넌 원래 이런 인간이었지. 진짜 외모랑 속이 일치하지 않는 녀석이라니까."

베어는 어깨를 으쓱이며 어이없는 목소리로 말했다.

"뭐, 그렇다 쳐도 특무분실은 가지 마. 그런 특수한 부서에 스스로 지원한 만큼 멤버들도 하나 같이 어딘가 이상한 놈들뿐이라는 소문이……."

그 순간, 복도 너머에서 여러 명의 인기척이 느껴졌다.

그것을 먼저 눈치챈 베어는 크리스토프의 팔을 잡아끌고 벽에 붙어 섰다.

"베어?"

"이런, 호랑이도 제 말하면, 이라더니 마침 본인들이 납셨군."

그러자 마침 전방에서 몇 명으로 이루어진 집단이 다가왔다.

막 임무를 마치고 귀환한 건지 지저분한 모습의 그들은 시끄럽게 떠들며 크리스토프와 베어의 앞을 지나갔다.

"후우~ 정말이지. 이번에도 글렌이 떼를 쓰는 바람에 고생만 실컷 했네."

"네 말대로 했으면 민간인이 몇 명은 더 죽었을 거거든?! 넌 요인만 구하면 됐다 이거냐? 다른 사람들은 어떻게 되든 상관없고?"

"뭐? 원래 그런 임무였잖아? 또 정의의 마법사 흉내? 슬슬 임무에 개인적인 감정 좀 넣지 말아줄래? 무슨 애도 아니고."

"저 빨강머리 여자가 특무분실의 실장인 집행관 넘버 1 《마술사》 이브야."

베어는 크리스토프에게 귓속말을 했다.

"저 여자의 가치판단 기준은 전부 공적과 전과뿐. 본인의 전과를 올리기 위해서라면 모든 걸 도구처럼 이용하는 냉혹한 강철의 여인이지."

"이야~ 하지만 덕분에 이번 임무는 아주 스릴 만점이었지 뭐냐! 오랜만에 진심으로 죽는 줄 알았다고! 크하하하하! 매번 이런 임무만 맡으면 인생이 참 즐거울 텐데 말이지. 안 그런가? 글렌 도령. 응?"

"저 덩치 큰 영감님은 집행관 넘버 9 《은둔자》 버나드. 40년 전 봉신전쟁의 살아있는 전설. 동시에 본인이 세운 수많은 전과를 남에게 양보하거나 자주 군기 위반을 저질러서 스스로 출셋길을 막고 위험한 현장에만 매달리는 궁극의 스릴 중독자지."

"헛소리 좀 그만하라고 이 망할 영감탱이야! 난 이런 임무는 두 번 다시 사양이거든?! 알베르트! 너도 뭐라고 말 좀 해줘!"
"임무는 임무다. 그것이 가능하든 불가능하든, 누가 희생되든 우리는 그저 맡은 임무를 담담하게 완수할 뿐."

"저 긴 머리 남자는 집행관 넘버 17 《별》 알베르트. 제국군 최강을 논할 때면 반드시 후보로 거론되는 굉장한 실력자야. 거기다 모든 일에 임무가 우선인 냉혹한 인간이라 필요하다면 동료나 형제조차 눈 한 번 깜짝 안 하고 죽일 거라는 평판의 남자이기도 해."

"너, 이게……! 또 그렇게 혼자 폼이나 잡고……."
"그건 그렇고, 글렌. ……하나만 질문해도 될까?"
"아앙? 뭔데? 저티스."

"넌 대체 어떻게 살아있는 거지?"

"뭐?"

"아니, 진짜 이상하거든? 내 계산에 의하면 이번 임무에서 넌 틀림없이 죽게 될 예정이었는데 말야. 큭큭큭……."

"……허?"

"몇 번이나 공들여서 계산한 결과였거든? 이번에는 정말 자신 있어서 네 관을 맞추고 장의사까지 예약해뒀는데…… 죄다 헛수고로 끝났지 뭐야?"

"저 딱 봐도 위험한 느낌의 안경 쓴 남자는 집행관 넘버 11 《정의》 저티스. 독자적인 가치관으로 악이라 단정하면 가차 없이 말살하는 진성 사이코야. 위험한 소문이 끊이지 않는 데다 위에서도 함부로 손을 못 대는 광견이라더군."

"……저티스, 너. 지금 나 놀리냐?"

"놀려? 아니, 설마 그럴 리가. 이건 너에게 보내는 최고의 찬사라고. 내 입으로 말하긴 좀 그렇지만, 내가 이렇게 남을 칭찬하는 건 보기 드문 일이거든?"

"좋아, 알았다. 밖으로 나와. 결투다. 슬슬 이 더러운 인연에 종지부를 찍자고. 넌 전부터 맘에 안 들었어, 이 사이코 자식아!"

"자, 잠깐! 글렌 군! 안 돼! 싸움은 못써!"

"아니, 세라…… 이건 싸움이 아니라…….."

"정말이지, 아까부터 계속 멤버들한테 시비만 걸고. 좀 더 사이좋게 지내면 안 돼? 다들 같은 부대의 동료들이잖아. 응?"

"저 하얀 머리의 굉장한 미인 누님이 집행관 넘버 3《여제》세라. 왠지 종잡을 수 없는 성격이지만, 바람 계통 마술에 관해선 제국군 최강이라더군. 하지만 같은 임무에 종사하면 어째선지 트라우마를 심어주는 걸로도 유명해. ……자세한 이유는 불명이지만."

"뭐어?! 동료?! 이 녀석들이?!"

"글렌 군은 정말 솔직하지 못하다니까. ……요 부끄럼쟁이."

"부끄러워하는 게 아니거든?! 사람 말 좀 들어!"

"우후훗. 그래, 그래. 만약 글렌 군이 다른 멤버들이랑 친해지면 이 세라 누나가 맛있는 식사를 대접해줄 테니까~"

"애 취급하지 마! 이제 날 밥으로 낚으려고 하지 좀 말라고! 아, 진짜! 난 늬들이 진심으로 싫어! 빌어먹을!"

"그리고 마지막으로 저 녀석이 집행관 넘버 0《광대》글렌. 괴물들만 모인 특무분실에서 유일하게 존재의의를 알 수 없는 3류 마술사야. 서류상의 데이터로만 보면 아마 신병인 나보다 약하지 않으려나? 거기다 어설픈 이상주의자라

상부와도 자주 마찰을 빚는 트러블 메이커라더군."

그렇게 베어가 설명해주는 한편, 특무분실 멤버들은 시끌벅적하게 눈앞을 지나갔다.

"…………."

"…………."

크리스토프와 베어는 그렇게 한동안 그들의 뒷모습을 지켜보았다.

"……개성적인 사람들이네."

"……그래, 아주 개성만점이지."

하지만 곧 마치 약속이라도 한 것처럼 솔직한 감상을 말하고 한숨을 내쉬었다.

"아무튼 내가 하고 싶었던 말은 이거야."

베어는 머리를 긁적이며 투덜거렸다.

"역시 저런 특수한 부서에 모일 만한 인재들이라 해야 할지…… 하나 같이 어딘가 좀 이상한 놈들뿐이거든. 특무분실은."

"아하하, 그러게……."

"저런 부서에 들어가는 날에는 임무로 순직하는 것보다 먼저 스트레스로 죽을걸? 네 인생을 어떻게 쓰든 내 알 바아니지만, 그래도 특무분실만은 그만둬. 알았지?"

"……음, 뭐. 솔직히 현시점에서는 로열가드 쪽으로 마음이 기울긴 했어."

"그래, 그거면 돼. 넌 그쪽이 더 잘 어울려."

베어는 안심한 듯 기지개를 켰고 그렇게 둘은 다시 복도를 걷기 시작했다.

"뭐, 장래의 일은 그렇다 치고."

"응. 당장은 졸업시험이라고 불리는 다음 원정 실습 훈련이 문제겠지."

"맞아. 그게 끝나면 우리도 마침내 졸업. 어엿한 한 사람의 마도사가 되는 거야! 뭐, 말이 실습이지 실제로는 하는 것도 없다지만…… 그래도 서로 잘해보자."

"응, 그러자."

서로를 격려한 둘은 제국군 사관후보 학교의 기숙사로 돌아갔다.

————.

제국군 사관후보 학교. 장래 제국군의 실세를 짊어질 우수한 마도사관들을 육성하는 알자노 제국의 공적기관 중하나.

일반 과정은 3년. 입학이 가능한 나이는 특별 과정이 12세부터 일반 과정은 16세부터 2세까지이며, 특히 전자는 장래에 군 관계자 될 것이 확실시되는 마도무문 계열의 귀족자녀가 어릴 때부터 입학하는 경우가 많았다.

학생들은 장래에 사관이 되는 것을 목표로 3년간 다양한 훈련을 받고 임무에 종사하게 되지만, 그런 커리큘럼 중에서도 원정 실습 훈련은 사실상 졸업시험이라 볼 수 있다.

　이것은 알자노 제국 각지에 주둔한 각종 사단과 부대에 일정 기간 동안 — 졸업을 앞둔 학생들의 계급은 『종기사』지만 — 일개 병졸로 들어가서 현장의 업무를 체험하는 수업 방식으로, 이런 혹독한 체험을 거쳐야만 『정기사』의 계급을 얻고 본격적인 사관의 길을 걷게 되는 것이다.

　그리고 졸업이 임박한 크리스토프 또한 현재 원정 실습 훈련에 종사하는 중이었고, 실습 기간 중의 배속처는 요새 도시 하노이에 주둔 기지를 설치한 제국 동부 칸타레 방면군 제2사단의 제3주둔 병단이었다.

　이곳은 알자노 제국의 동쪽에 맞닿은 레자리아 왕국으로부터 국경을 지키는 요충지 중 하나이자 험준한 산악과 거대한 성벽으로 둘러싸인 중요 군사거점이다.

　하지만 선배 사관이나 베테랑 마도사들에게 부려 먹히는 것만 제외하면 여기서의 생활은 그리 힘들지 않았다.

　옛날이라면 모를까 냉전 상태인 요즘은 레자리아 왕국이 쳐들어올 가능성도 낮았고, 혹시 전쟁이 일어난다 해도 수비에 강한 이 요새도시보다 다른 곳을 먼저 노릴 가능성이 크기 때문이다. 따라서 실습병들의 주된 임무는 시내 경비와 주변 지역의 마수 토벌. 아니면 기껏해야 성벽의 보수 작업 정도였다.

오늘도 제국 동부 칸타레 방면군 제2사단의 제3주둔 병단에 배속된 햇병아리 사관들은 누구나 하루 빨리 지루한 실습 임무에서 벗어나 영광스런 엘리트의 미래를 걷는 것을 기대했지만……

이날 요새도시 하노이는 미증유의 위기에 처하고 말았다.

"뭐야 저건……!"

크리스토프는 눈앞에 펼쳐진 광경에 그저 아연실색할 수밖에 없었다.

산처럼 거대한 두 기의 인간형 골렘이 요새도시 한복판에서 주위의 가옥과 건물을 눈에 보이는 대로 전부 때려 부수고 있었기 때문이다.

골렘의 주먹이 건물을 후려칠 때마다 잔해가 사방팔방으로 튀고 건물이 차례차례 무너졌고 대로변은 저마다 앞 다퉈 달아나는 일반 시민들로 가득했다.

하지만 이곳은 동부의 주요 방어거점이자 칸타레 방면군 제2사단 제3주둔 병단의 주둔지. 마도병들은 즉각적으로 골렘들을 포위하고 응전하기 시작했다.

"1번대, 2번대, 3번대 어설트 스펠 일제 사격! 발사!"

"《사나운 뇌제여·극광의 섬창으로·꿰뚫어라》!"

"《백은의 빙랑이여·눈보라를 두르고·질주하라》!"

"《홍련의 사자여·분노에 몸을 맡기고·사납게 울부짖어라》!"

진형을 짠 마도병들이 골렘을 향해 일제히 어설트 스펠을 퍼부었다.

수많은 번개의 창이, 폭풍처럼 몰아치는 냉기와 고드름이, 업화의 폭염이 골렘을 직격했다.

"흐, 흠집조차 나지 않다니……!"

하지만 두 기의 골렘은 멀쩡했다. 무시무시한 대(對) 마술 방어력이었다.

그리고 넋을 잃은 마도병들 앞에서 골렘은 머리로 보이는 부분에 달린 외눈에서 에너지 광선을 발사해 채찍처럼 휘둘렀다.

그러자 광선이 닿은 곳이 터지며 주위의 건물과 마도병들이 쓰레기처럼 쓸려나갔다.

"자, 잠깐만. 저게 대체 뭐야……. 완전 괴물이잖아……."

크리스토프의 옆에 있는 베어도 새파랗게 질린 얼굴로 전황을 지켜보고 있었다. 그밖의 동기들도 그저 눈앞의 광경에 압도되어 있을 뿐이었다.

참고로 사관학교 졸업 전의 실습병들은 당연히 최전선에 투입되지 않고 후방지원이라는 형태로 먼 곳에 배치되어 있었다.

하지만 멀리서 본 그들이 전황이 압도적으로 불리하다는

건 알 수 있었다. 이대로 골렘들을 내버려두면 이 요새도시가 완전히 무너지는 건 시간문제이리라.

"사관후보생 제군. ……상황은 몹시 긴박하다."

그런 그들 앞에 역전의 베테랑다운 품격을 지닌 중년 마도사가 다가왔다.

이 요새도시 하노이에 두준한 제3주둔 병단의 병단장 막스 로건이었다.

"다, 단장님?! 이게 대체 어떻게 된 거죠?!"

그러자 마침 가장 가까이 있던 크리스토프가 질문을 던졌다.

"아니, 저런 거대한 골렘이 대체 어디서 갑자기 튀어나온 겁니까!"

"아무래도 내부에 배신자가 있었던 모양이더군. ……범인은 안다르세 상회일세."

막스는 씁쓸한 표정으로 대답했다.

"안다르세 상회? 분명 이 내륙의 외딴섬이나 다름없는 요새도시 하노이에 필요한 온갖 물자를 독점적으로 공급하는 대상회였죠?"

"그래. 열심히 공부했군, 크리스토프 종기사."

크리스토프의 물음에 막스는 고개를 끄덕였다.

"오늘 아침 그 안다르세 상회에서 시내에 대량의 건축 자재를 들여왔네만, 아무래도 상회 내부에 테러 조직과 결탁한 내통자가 있었나 보더군. 그 건축 자재가 실은 위장한 거대 골렘 병기의 부품이었던 걸세."

"예?! 그런 걸 눈 뜨고 뻔히 들여보냈다고요?! 성벽 출입 검사를 맡은 선배들은 대체 뭘 한 겁니까!"

베어가 비난하자 막스는 어깨를 으쓱였다.

"뭐라 할 말이 없군. 아마 오랫동안 신뢰 관계를 쌓은 안 다르세 상회가 상대라서 어느새 현장 검수를 날림으로 하고 있었던 거겠지."

"아무튼 그 시내에 반입된 대량의 부품을 마술로 긴급 조 립한 누군가 때문에 상황이 이렇게 됐다는 거군요?"

크리스토프가 상황을 정리하자 막스는 고개를 끄덕였다.

"어쩌죠? 단장님! 이런 말씀을 드리고 싶지는 않지만, 저 골렘들은 어떻게 봐도 저희가 감당할 수 있는 상대가 아니 라고요! 아니, 저것들은 대체 뭐죠? 저런 강력한 골렘이 있 다는 건 금시초문입니다!"

베어는 전선의 전황을 가리키며 말했다.

수백의 마도병들이 골렘을 포위한 채로 쉴 새 없이 어설 트 스펠을 퍼부었으나 골렘의 움직임을 막기는커녕 이리저 리 휘둘리고 있었다.

그런 골렘을 본 크리스토프는 냉정하게 분석했다.

"우리 제국군에서 주력으로 쓰는 어설트 스펠에 맞춘 특수 한 대 마술 방어 결계를 체내에 심어둔 모양이네요. 아무래 도 범인은 예전부터 이 도시를 치기 위해 치밀한 준비를 해온 것 같습니다. 이 상황에서는 도저히 막을 방법이 없어요."

"음. 그러나 함락되도록 그저 눈 뜨고 바라볼 수만은 없네. 이 도시에는 2천을 넘는 시민들이 있는 데다, 무엇보다 여긴 동부의 방어거점. 이곳이 기능을 못하게 된다면 알자노 제국은 레자리아 왕국에 무방비하게 약점을 드러내는 꼴이 되고 말 테니까."

그리고 막스는 크리스토프와 베어를 번갈아 보면서 말했다.

"그러니 크리스토프 종기사. 베어 종기사. 자네들에게 제3주둔 병단의 병단장인 이 막스 로건이 백기장 권한으로 명령하겠네. 서둘러 이 도시를 탈출하도록."

"예?! 아니, 그게 대체 무슨……!"

베어는 거세게 항의했다.

"지금 저희에게 동료와 시민들을 버리고 도망치라고 하시는 겁니까?! 아무리 신병이라지만, 저 또한 제국군인! 그런 꼴사나운 짓은……!"

"그런 뜻이 아니야, 베어. ……가까운 제국군의 기지에 지원요청을 하고 오라는 말씀이시죠?"

그러자 크리스토프가 나서서 말했다.

"현재 시 전역에는 특수한 통신 방해 결계가 펼쳐져 있습니다. 그러니 시내에서 원군을 부르는 건 불가능하죠."

"그 말대로일세. 과연 결계마술의 대가 프라울. 덕분에 설명할 수고를 덜었군."

막스는 감탄한 표정으로 고개를 끄덕였다.

"그리고 유감스럽게도…… 크리스토프 종기사, 베어 종기사. 현재 그나마 신병 중에 움직일 수 있는 담력을 가진 자는 자네들뿐일세. 보게."

"……!"

시선을 돌리자 다른 사관후보생들은 태어나서 처음 겪는 실전에 겁을 집어먹고 떨고만 있을 뿐이었다. 이렇게 긴장으로 몸이 굳은 상태에서는 마술은커녕 제대로 움직이는 것조차 어려워 보였다.

"우리가 외부에 지원요청을 하는 걸 적이 예상하지 못할 리는 없겠지. 이 요새도시에서 탈출하려고 하면 반드시 추격이나 방해가 있을 걸세. 그러니 다른 후보생은 보내봤자 개죽음이 될 테니 자네들에게 부탁하는 걸세."

"그, 그러셨군요. ……젠장!"

틀림없이 필요한 역할, 아니. 오히려 이 위기 상황을 벗어날 유일한 활로라고도 볼 수 있는 중요한 역할이었지만, 동료를 두고 가야한다는 원통함에 베어는 몸을 떨었다.

"알겠습니다. 반드시 저희가 가까운 제국군에게 정보를 전달하겠습니다. 무운을 빕니다!"

"아, 예! 저희에게 맡겨만 주십쇼!"

"음. 그럼 우리 제3주둔 병단은 총력을 다해 시민들을 지키고 있겠네. 잘 부탁하지!"

이렇게 해서 크리스토프와 베어는 결사의 도시 탈출을 감행했다.

"아~ 젠장! 역시 막스 단장님의 예상대로 됐구만!"

"응, 그런 것 같네!"

성벽에 둘러싸인 도시에서 탈출하려는 크리스토프와 베어를 벌써 막으려는 자들이 있었다.

"……골렘!"

둘의 앞을 가로막은 건 인간 형태의 소형 골렘이었다.

도시 한복판에서 날뛰는 거대 골렘들과 달리 거의 인간과 비슷한 크기였으나 아무튼 머릿수가 많았다.

큰길과 접한 골목에서 끊임없이 기어 나오는 골렘들은 그대로 압살해버리려는 기세로 둘에게 몰려들었다.

"제길! 《울부짖어라 불꽃 사자여》!"

베어는 흑마 【블레이즈 버스트】를 영창했다.

동기들이 쓰는 같은 어설트 스펠에 비해 몇 배나 강력한 압도적인 화력이 골렘 일부를 쓸어버리며 불태웠다.

하지만 소형 골렘들도 당하고만 있지는 않았다.

둘을 포위한 상태로 외눈에서 고출력 에너지 열선을 일제히 발사한 것이다.

"《고속 결계 전개·취옥법진》!"
_{이미드 로드   에메랄드 서클}

도저히 피할 수 있는 물량이 아니었기에 크리스토프는 손

가락 사이에 낀 에메랄드들을 내던졌다. 그러자 호선을 그리면서 지면에 떨어진 에메랄드들이 오망성 결계를 그리며 녹색의 장벽을 형성해 360도에서 날아드는 열선을 모조리 막아냈다.

"한 방 더! 《울부짖어라 불꽃 사자여》어어어어!"

이어서 베어의 주문이 다시 골렘 일부를 쓸어버렸다.

"나이스 타이밍! 크리스토프!"

"베어, 다음 교차로에서 오른쪽으로! 내 색적 결계의 조사에 따르면 그쪽 포위망이 더 얇아!"

그리고 크리스토프는 이번엔 사파이어들을 뒤로 내던졌다.

"이미드 로드· 창옥봉계^{사파이어 씰}!"

그러자 갑자기 발밑에서 솟구친 거대한 사파이어 결정이 소형 골렘들을 그대로 집어삼켜서 봉인했다. 그리고 그것은 거대한 벽이 되어 길을 틀어막았고 골렘들은 거기서 더 이상 나아갈 수 없었다.

그 광경을 본 베어는 씨익 웃었다.

"훗, 역시 너랑 같이 싸우는 건 편해!"

"칭찬해줘서 고마워. ……자, 가자!"

"응!"

그렇게 말한 둘은 다시 달리기 시작했다.

크리스토프와 베어는 서로 협력해가며 길을 뚫었다.

하지만 소형 골렘은 대체 어디에서 튀어나오는 건지 아무리 해치워도 끝이 없었고, 실전 경험이 부족해서 체력 관리에 실패한 기대의 신성들은 어느새 완전히 녹초가 되고 말았다.

"젠장…… 후우, 후우…… 아무리 그래도 수가 너무 많잖아. 대체 어디서 이렇게 나오는 거지?"

"헉……헉…… 아, 그런 거였나. 베어, 저길 좀 봐."

"컥?! 건물이 혼자 무너져서 새로운 골렘으로 변하고 있어?!"

"……아무래도 꽤 오래 전부터 도시 전체에 수작을 부려 놓은 모양이야."

"저건 완전히 반칙이잖아!"

하지만 우는 소릴 해봤자 소용없었다.

이 도시의 운명은 자신들의 어깨에 걸려 있었다.

크리스토프와 베어는 얼마 남지 않은 마력을 쥐어짜 내며 계속 포위망을 돌파할 수밖에 없었다.

"제길…… 여기까지인가……!"

"바보 같은 소리하지 마! 크리스토프! 너답지 않아! 포기하지 말라고!"

"나도 알아! 하지만 베어…… 이건 현실적으로……."

"그래. 머리가 좋은 네 말이 틀릴 리는 없겠지, 망할! 하지만……."

골렘들의 포위망이 해일처럼 밀려와 퇴로를 완전히 차단

한 순간, 갑자기 베어가 골렘들을 향해 돌격을 감행했다.

"베어?! 대체 무슨……!"

"내가 주의를 끌게! 넌 그 틈에 먼저 가!"

"기, 기다려! 베어!"

하지만 상황은 망설일 시간을 주지 않았다. 그건 자발적으로 미끼가 된 베어의 희생을 헛되이 하는 행위일 뿐. 크리스토프는 마음속으로 피눈물을 흘리며 간신히 포위망을 돌파했고 마침내 성벽을 넘어 탈출에 성공했다.

————.

"큭…… 결국 추격을 떨쳐내지 못할 줄은……!"

요새도시 하노이 북서부에 있는 런달 고개.

이미 체력과 마력이 다한 데다 온 몸에 부상을 입은 크리스토프는 힘없이 바닥에 쓰러져 있었다. 그리고 주위에는 등에 날개형 비행 유닛을 장비한 소형 비행 골렘들이 하늘에서 내려오고 있었다.

"……임무를…… 완수하지 못했어……."

시외로 탈출한 후에 기다리고 있었던 건 비행 골렘들과의 처절한 술래잡기였다.

그래서 가까운 제국군 기지에 접근하기는커녕 연락조차 취하지 못했다.

자신의 한심한 꼴을 자책하며 이를 악문 크리스토프를 향해 골렘들은 에너지 열선을 발사하려 했다.

아무래도 최후의 순간이 온 것 같았다. 군에 뜻을 둔 이상, 정상적인 죽음을 맞이하지 못할 거라는 건 각오하고 있었지만 이건 너무나도 허망했다.

'하하, 이렇게 죽는 건가. ……하긴 뭐 어쩌겠어. 누구나 영웅이 될 수 있는 건 아니니까.'

크리스토프는 마치 달관한 것처럼 웃었다.

'그래, 이런 최후를 맞이하는 것도 어쩔 수 없는 거야……'

그리고 모든 것을 포기하고 눈을 감으려 한 순간ㅡ.

"……아니, 여기서 포기할까 보냐……!"

크리스토프는 마지막 힘을 쥐어짜 내서 땅에 손을 짚고 몸을 일으키려 했다.

이미 늦은 건 명백했다.

용케 일어선다 해도 상황을 타개할 힘은 자신에게 없었다.

하지만 그럼에도 마음 속 어딘가에서 끓어오르는 무언가가 이대로 눈을 감는 것을 허락하지 않았다.

그렇게 골렘이 그를 향해 에너지 열선을 발사하려 한 그때였다.

"그래, 잘 버텼다."

하늘에서 목소리가 내려왔다.

그리고 다음 순간—.

날카로운 바람의 칼날이 크리스토프의 뒤에 있는 골렘을 좌우로 양단했다.

거센 업화가 왼쪽 골렘을 흔적도 없이 증발시켰다.

소나기처럼 퍼붓는 전격이 오른쪽 골렘을 산산조각 냈다.

파공성을 울리며 춤추는 강사(鋼絲)들이 머리 위의 골렘을 갈기갈기 찢어버렸다.

"하아아아아아아아아아아아아아앗!"

그리고 검은 머리 청년이 마도사 예복을 펄럭이며 하늘에서 떨어진 후—.

콰아아아앙!

그의 주먹이 정면에 있는 골렘의 정수리를 내리쳐 파괴했고 곧 잔해가 사방으로 튀었다.

"……어?"

크리스토프가 아연실색해서 고개를 들자 주먹을 땅에 댄 청년은 천천히 몸을 일으키고 있었다. 그는 피식 웃으며 이쪽으로 손을 내밀었다.

"다, 당신은……?"

하지만 어딘가 낯이 익은 청년이었다.

그렇다. 그는—.

"제국군, 제국 궁정 마도사단 특무분실 소속. 집행관 넘버 0《광대》글렌 레이더스다."

그리고 그의 주위에 하늘 위를 빠르게 지나가는 신봉(神 ^흐레스벨그
鳳)에서 뛰어내린 인물들이 하나둘씩 착지했다.

다정한 인상의 하얀 머리 소녀.

차가운 인상의 붉은 머리 소녀.

날카로운 분위기의 장발 청년.

근육이 우락부락한 초로의 남성.

안경을 쓰고 서늘하게 웃는 불길한 느낌의 청년.

"다, 당신들은……?!"

"걱정하지 마. 뒷일은 나…… 우리들에게 맡기라고."

그렇게 말한 청년, 글렌은 넋을 잃은 크리스토프에게 힘 있게 웃어주었다.

―――.

"뭐가 우리한테 맡기라는 거야? 함부로 지껄이긴. 지금 상황이 어떤지 알기나 해?"

차가운 인상의 붉은 머리 소녀, 이브는 말끝마다 짜증을 드러내며 말했다.

"무지몽매한 당신이 생각하는 것보다 사태는 심각해. 근 거 없는 약속은 집어치워."

"시끄럽네 진짜. 어차피 지금 움직일 수 있는 건 우리밖에

없으니 해볼 수밖에 없잖아?"

아무런 전조도 없이 등장한 특무분실의 존재에 넋을 잃은 크리스토프 앞에서 글렌과 이브는 갑자기 말다툼을 시작했다.

"당신, 정말 알고는 있는 거야? 우리 임무는 요새도시 하노이를 점거한 외도(外道) 마술사 안단테 카로사를 처단하고 하노이의 주요 기능을 사수하는 것. ……하노이 시민들과 제3주둔 병단의 구조는 임무에 포함되지 않아."

"……야, 이브. 너 다시 한 번 지껄여봐."

글렌과 이브가 무시무시한 표정으로 서로를 노려보자 분위기가 삽시간에 험악해졌다.

그러자 크리스토프는 식은땀을 흘리며 황급히 대화에 끼어들었다.

"으, 으음…… 저기 제국 궁정 마도사단 특무분실…… 분들이시죠?"

"그래, 맞아. 난 동일 소속 집행관 넘버 1《마술사》이브 이그나이트. 계급은 백기장이야."

"저, 전 제국군 사관후보 학교 3학년의 크리스토프 프라울입니다! 현재는 사관후보 학교의 원정 실습 훈련을 받는 중이라 제3주둔 병단에 임시로 소속되어 있습니다! 이번 흉사(凶事)를 다른 부대에 알리고자 결사의 각오로 하노이를 탈출했습니다만, 적의 추격 부대에 따라잡히는 바람에……

만약 여러분께서 구해주시지 않았다면 지금쯤 목숨을 잃었을 겁니다! 정말 감사합니다!"

크리스토프는 이브에게 경례하며 말했다.

"그건 그렇고 질문을 몇 개만 허락해주시겠습니까? 이브 백기장님!"

"허가할게."

"어떻게 이렇게 빨리 오신 거죠? 하노이는 현재 통신 마술이 차단된 상황이라 제도는커녕 인근 제국군 기지조차 그곳의 정황을 파악하지 못했을 텐데……"

이브는 코웃음을 치며 대답했다.

"흥. 이그나이트의 정보망을 얕보지 말아줄래?"

"예?"

"제국의 정보부는 정보조사실과 보안국만 있는 게 아니란 뜻. 난 그보다 뛰어난 정보원을…… 개인적으로 가지고 있거든."

"칫. 그래서 이번 테러 계획이 하노이의 물밑에서 진행 중이라는 걸 누구보다 먼저 눈치챈 이 여자는 폐하께 비밀리에 출격 허가를 받아서 이렇게 군보다 빨리 움직일 수 있었던 거야. ……어디까지나 본인의 공적을 위해서 말이지."

이브가 자랑스럽게 말하자 글렌은 대놓고 빈정거렸다.

"거 참, 굳이 이렇게까지 해서 공적을 세워야 해? 아~ 싫다, 싫어. 진짜 좀스런 여자라니까."

"시끄럽거든?! 확실히 표면상으로는 그렇게 보일지도 모르지만, 이번 사건은 군과 보조를 맞췄다간 돌이킬 수 없는 사태가 될 게 불 보듯 뻔하잖아! 이런 상황에서 아무런 방해 없이 빠르게 움직일 수 있는 건 우리들뿐……."

"자자, 진정해. 이브. 글렌 군도 너무 그렇게 공격적으로 굴지 좀 말고."

그러자 세라가 험악해진 둘 사이를 중재했다.

"저, 저기…… 하나만 더 질문해도 될까요?"

그리고 크리스토프는 분위기를 바꾸기 위해 다른 의문을 입에 담았다.

"목숨을 구해주신 분들께 이런 질문을 하는 건 외람되지만…… 여러분은 왜 하필 이 고개로 오신 건가요?"

"……!"

"테러 계획을 사전에 눈치채고 제도에서 흐레스벨그를 타고 오셨다면 여긴 최단 루트에 포함되지 않을 텐데요? 그런데 왜……."

크리스토프의 날카로운 지적에 이브가 입을 다물었고—.

"……그건 상황이 이렇게 될 줄 『예측』했기 때문이야."

일행의 맨 뒤에 서 있던 청년, 저티스가 서늘하게 웃으며 입을 열었다.

"예, 예측했다……?"

"그래, 맞아. 크리스토프 프라울 종기사. 내가 결사의 각오로 하노이를 탈출한 네가 사투 끝에 여기로 도착한다고

『예측』했거든. 그리고 우리가 아슬아슬하게 도착할 거란 것도. 이건 내가 이브에게 이 루트로 갈 것을 제안한 결과야."

저티스는 바짝 굳어버린 크리스토프에게 다가오더니 나락의 밑바닥 같은 눈으로 들여다보며 유쾌한 목소리로 말했다.

"아무튼…… 넌 여기서 죽게 내버려두기 아까운 인재거든. 글렌 정도는 아니지만, 난 너 같은 마술사를 싫어하지 않아. ……큭큭큭."

"저, 저기요……?"

"뭐, 장래에는 내 앞을 가로막는 장애물이 될지도 모르지만 고작 그 정도로 무너진다면 내 운명도 거기까지란 거겠지. ……그냥 그뿐이야."

크리스토프는 저티스가 대체 무슨 말을 하는 건지 전혀 이해할 수 없었다. 그저 그의 꺼림칙한 분위기에 몸을 떨 수밖에 없을 뿐.

"……신경 쓰지 마. 원리는 전혀 모르겠지만, 그 자식의 이런 예측은 신기할 정도로 잘 맞거든. 그래서 만약을 위해 이 루트로 온 것뿐이야."

"너에 관한 건 자주 빗나가는데 말야, 글렌."

"시꺼. 닥쳐, 이 사이코 자식아. 매번 나한테 그 시시한 죽음의 선고를 내리는 것 좀 그만둬. 애초에 넌 늘……."

글렌이 저티스에게 따지려 한 그때—.

"지금은 임무 중이다. 잡담은 나중에 해."

구석에 조용히 서 있던 장발 청년, 알베르트가 차갑게 내뱉었다.

현재 그는 마도기인 듯한 수정 구슬을 담담한 동작으로 조작하고 있었다.

"그보다 왔군. 『성명』이다. 제국 각지에 무차별적으로 쏟아내고 있군."

"그래? 슬슬 올 때가 되긴 했지. ……켜봐."

이브의 재촉에 알베르트가 작은 목소리로 주문을 외우자 수정 구슬이 빛을 발하며 허공에 영상을 투사했다. 영상의 배경은 어느 건물 안이었고 삐쩍 마른 노인 한 명이 서 있었다.

그리고 노인은 광기에 물든 얼굴로 웃으며 당당하게 말했다.

—크크크, 안녕하신가. 제국민 여러분. 나는 희대의 마도 공학 박사 안단테 카로사…… 설마 내 이름을 모르는 자는 없겠지?

"모르겠는데?"

"모르겠구만."

"아, 아하하…… 응. 나도 몰랐어."

글렌, 버나드, 세라가 저마다 태클을 걸자 이브와 알베르트는 대체 왜 모르냐는 듯한 눈으로 셋을 흘겨보았고 저티스도 어깨를 으쓱였다.

—이번에 이 몸은 내 인생을 전부 쏟아 부은 골렘 공학의 정수인 골렘 군단으로 요새도시 하노이를 점령했다네.

영상의 시점이 바뀌더니 골렘 군단에게 완전히 제압된 하노이의 모습이 눈에 들어왔다.

—보다시피 하노이를 지키던 제3주둔 병단은 내 골렘 군단의 압도적인 물량과 힘 앞에서 항복했고…… 생존자는 전부 포로로서 구속했네. 그뿐만이 아닐세. 현재 하노이의 시민 전원이 내 인질이나 다름없는 상태지.

그러자 이번에는 도시 동부와 서부에 서 있는 거대 골렘의 모습이 번갈아 나왔다. 거기다 시내를 배회하는 수많은 소형 골렘들의 존재에 시민들이 겁을 먹고 있는 모습도…….

—이해했나? 내가 명령을 내리기만 하면 이 하노이는 삽시간에 대량 학살극의 무대로 변모하고 말 거란 사실을! 끼하하하하하하하!

이번 사건의 주모자 안단테는 불길하게 웃으며 정면을 돌아보았다. 형형하게 반짝이는 위험한 빛이 깃든 눈으로…….

—왜 내가 이런 짓을 저질렀는지 알겠나? 그래, 이건 복수…… 복수다! 이 희대의 천재인 날 이해하지 못하고 마술학회의 한직으로 쫓아낸 어리석은 알자노 제국에 대한…… 나아가 여왕 폐하에 대한 복수!

그리고 차마 들어주기 힘든 오만하고 이기적인 범행 동기를 줄줄이 쏟아냈다.

안단테는 지금 받는 대우에 불만이 있는 모양이었지만 자세히 들어보면 결국 본인의 자업자득인 셈이라 그 누구의 동정심과 공감도 이끌어낼 수 없었다. 그야말로 청각 고문이나 다름없는 시시한 범행 동기는 그렇게 약 10분에 걸쳐 주위를 더럽혔다.

─이와 같은 동기로 난 복수를 결심한 거다. 이건 뛰어난 자가 올바른 평가를 받는 세상을 만들기 위한 개혁이기도 하다. 하지만 난 매우 관대하고 그릇이 넓은 남자다. 내일 정오까지 리르 금화로 20억! 20억을 위자료로 나에게 건넨다면 이 요새도시를 해방해주지. 하지만 돈을 지불하지 않겠다면 본보기로 하노이 시민을 하나씩 죽여주마! 끼하하하! 아무쪼록 정부의 좋은 대답을 기다리고 있겠다. 끼하하하하하하하하하!

마지막으로 귀에 거슬리는 웃음소리를 남기고 영상은 끝이 났다.

이브는 한숨을 내쉬며 입을 열었다.

"과연 하늘의 지혜 연구회가 뒤에서 조종한 사건답네."

"동의한다."

알베르트는 담담하게 대답했다.

"조직은 이 사건이 어떤 식으로 굴러가든 상관없을 거다. 하노이는 제국의 주요 방어거점. 정부가 요구를 받아들이지 않고 제압을 감행하면 레자리아 왕국을 막는 방파제이기도 한 하노이에는 막대한 피해가 남겠지. 반대로 요구를 받아들여서 순순히 돈을 지불한다 해도 그 금액은 소국의 국가

예산 수준이니 만큼 제국의 경제는 바닥으로 곤두박질칠 터. 결과가 어찌됐든 제국은 큰 혼란에 빠지고 하늘의 지혜 연구회만 이득을 보는…… 그런 구조다.

"하노이에 그만한 가치가 있다는 점에서 더 악랄해."

"하늘의 지혜 연구회는 그걸 전부 내다보고 안단테와 비밀리에 접촉하고 지원했던 거겠지. 저만한 물량의 골렘을 건조할 수 있는 자재는 한직에 있는 개인이 마련할 수 있는 양이 아니니까."

"……그렇다면 아무래도 그 조직의 입김이 닿았을 만한 수상한 상회와 조직이 몇 개 정도 후보로 나오겠네. ……지금은 손쓸 수단이 없겠지만."

"전에 안단테의 출자자였던 에이클 상회와 니르바스 마술 길드 연맹이겠지? 내가 나중에 직접 극비리에 내정조사를 해두지."

"어머, 이야기가 빠른걸. 역시 당신은 우수해. 자기가 정의의 마법사인 줄 알고 나대는 어딘가의 누구 씨랑 다르게."

"쓸데없는 참견이거든?!"

"솔직히 난 정치 이야기는 잘 모르겠구만. 그쪽에서 알아서 하든지 해."

"버나드…… 당신은 늘 그런 식이야."

"하나만…… 더 여쭤도 될까요?"

특무분실 멤버들이 그런 식으로 의견을 주고받자 크리스

토프가 괴로운 표정으로 끼어들었다.

"정부의…… 제국군의 금후 방침은 어떤 식이 될 것 같습니까?"

그러자 이브가 담담한 목소리로 대답했다.

"폐하, 제국 정부는 절대로 테러리즘에 굴복하지 않아. 아니, 굴복해선 안 돼. 설령 하노이 시민들과 제3주둔 병단이 몰살당한다 해도 요구는 받아들일 수 없어."

"……?!"

예상했던 잔혹한 현실에 크리스토프는 숨을 삼켰다.

당연했다. 테러리즘에 굴복하는 것은 전 국민을 또 다른 테러의 위험에 노출시키는 짓이나 다름없기 때문이다.

그 순간, 크리스토프의 머릿속을 스친 것은 포로가 된 전우들의 얼굴이었다.

"지원군은…… 제국군의 지원군은 언제쯤 도착하죠?"

"흠, 각지에 흩어진 군의 요인들이 모여서 긴급 군사회의를 여는 데만 하루. 사태의 원인과 책임 관계를 전부 파악하고 어느 부서의 누가 주도적으로 나서서 공적을 세울지 논의하는 데만 또 하루. 각종 복잡한 서류 작업과 준비를 거쳐서 출격하는 데만 또 하루. 이번 사건에 군이 본격적으로 개입하는 데만 사흘은 걸리겠네."

"……너무 늦잖아요! 그럼 요구 시간을 완전히 넘겨버릴 텐데……!"

이브의 설명을 들은 크리스토프는 힘없이 무릎을 꿇고 고개를 떨구었다.

"그런 식으로 늦장을 부렸다간 하노이 시민들은…… 주둔 병단의 전우들은……!"

"맞아. 하늘의 지혜 연구회의 힘을 빌린 이상, 실패하면 안단테 본인도 목숨이 위험하단 걸 알아. 그러니 안단테는 때가 되면 거리낌 없이 학살을 시작할 거야. 저쪽도 이젠 한 발짝도 물러설 수 없을 테니까. 그리고 제국군이 움직인다 해도 하노이 시민들을 돌보진 않을걸? 이런 짓거리를 용납해버리면 제국의 위신과 체면에 흠이 생겨."

이브가 직설적으로 말하자 크리스토프는 얼굴이 새파랗게 질려서 말문이 막혔다.

'……내, 내 탓이야!'

크리스토프는 그제야 자신이 임무에 실패했다는 것을 깨달았다.

안단테의 성명이 나오기 전에 가까운 제국군에 원군을 요청했다면 그 시점에선 현장 판단이 우선시될 테니 하노이에 원군을 보낼 수 있었으리라.

그럼 피해를 최소한으로 줄일 수 있었을 터.

하지만 그 기회는 이미 지나가 버리고 말았다.

이렇게 성명이 나온 이상, 모든 판단은 상부에서 내릴 테니 현장에선 함부로 움직일 수가 없다.

이렇게 되면 피해와 희생은 대처에 시간이 걸릴수록 기하급수적으로 늘어날 수밖에 없으리라.

'이렇게 되기 전에 내가 원군을 요청했어야 했는데……!'

하지만 이미 늦었다.

크리스토프는 태어나서 처음으로 약한 소리를 입에 담을 수밖에 없었다.

"죄송합니다, 베어! 여러분……! 모처럼 절 보내주셨는데…… 전 아무것도 할 수 없었습니다! 정말…… 정말로 죄송합니다!"

그가 그렇게 주먹으로 땅을 내리치며 자신의 무력함을 한탄하고 있자 누군가가 갑자기 어깨를 두드렸다.

"아직 포기하는 건 일러."

글렌이었다.

"포기하지 말라니…… 이런 절망적인 상황에서 대체 뭘 어쩌란 거죠?! 그런 입바른 위로 따위 필요 없다고요!"

이성을 잃은 크리스토프는 상대의 계급이 위라는 것도 잊은 채 소리쳤다.

하지만 글렌은 개의치 않고 힘차게 웃어주었다.

"그래, 절망적이지. 그래서 우리가 있는 거고."

"예?"

크리스토프가 당황하자 글렌은 이브에게 물었다.

"야, 이브."

"뭐."

"나도 몇 번이나 수라장을 거친 몸이다 보니 똑같은 절망적인 상황이라도 현실적으로 어떻게든 될 때와 되지 않을 때가 있다는 것쯤은 알아. 하지만 이번 케이스는…… 전자잖아? 너와, 우연찮게 한 자리에 모인 이 멤버들이라면 말야."

"……."

이브는 작게 혀를 차고 잠시 입을 다물었다.

"흥, 솔직히 도시의 희생을 도외시하고 안단테만 확실하게 처리하고 싶었지만…… 뭐, 동부의 요충지인 하노이를 멀쩡한 상태로 해방하는 것도 따지고 보면 공적이겠지. ……좋아. 일단 검토해볼게. 감사히 여기도록 해."

"그래, 부탁하마. 난 네가 싫지만, 네 작전 계획 능력만큼은 신뢰하고 있거든. 아무쪼록 평소처럼 우릴 장기말처럼 실컷 부려먹어 달라고."

"진짜 하는 말마다 맘에 안 드는 남자야. 당신은."

그 순간—.

"좋았어! 그럼 글렌 도령. 나랑 같이 후딱 하노이의 상황이나 좀 보고 올까?"

"그래, 알았어. 참 나, 여전히 기운 넘치는 영감탱이라니까."

"세라. ……하노이 근방의 레이라인을 조사하고 싶다. 이번 표적이 사용한 마술…… 그 마력의 출처와 정체를 확인해야 해. 서포트를 부탁해도 되겠나?"

"응, 알베르트 군. 같이 하자."

"그럼…… 난 그 골렘의 능력을 조사해올게. 죽어 마땅한 악의 솜씨를 한 번 감상해봐야겠군. 크크크……."

그렇게 특무분실 멤버들이 각자 움직이기 시작했다.

"자, 잠깐만요! 여러분!"

그러자 크리스토프가 황급히 외쳤다.

"대, 대체 뭘 하시려는 거죠?"

"응? 보면 몰라?"

글렌은 설명하기도 귀찮은 얼굴이었다.

"우리끼리 요새도시 하노이를 한 번 구해보자는 거지."

"……예에?!"

크리스토프는 반사적으로 반박했다.

"지금 상황이 어떤지 알고 있긴 한 겁니까?! 당신들은 고작 여섯 명이라고요! 그 인원으로 대체 뭘 할 수 있다는 거죠?! 지금 저 도시를 점거한 골렘이 얼마나 많은지 알기는 해요?! 그 골렘들은 시내에 주둔했던 7백 명 이상의 정예 마도병들을 제압했을 정도라고요! 그런데 고작……!"

"확실히 터무니없이 절망적인 상황이긴 해."

글렌은 당혹스러움에서 벗어나지 못하는 크리스토프를 진정시키듯 말했다.

"온갖 수단을 동원해도 구하지 못하는 사람은 있기 마련이야. 나도 군에 들어와서 뼈저리게 느꼈지. 난 절대로 모든 이를 구원하는 정의의 마법사가 될 수 없다는걸. 하지만……."

하지만, 그럼에도 글렌은 입가를 끌어올리며 당당하게 선언했다.

"그래도 난 아직 그걸 포기할 생각은 없어. …… 뭐, 슬슬 한계인 것 같기는 해도."

"……아."

"그리고 사실 이 정도쯤은 일상다반사라 고난 축에도 못 들거든? 우리라면 어떻게든 할 수 있어. 아니, 어떻게든 해낼 거야. 그래. 온갖 수단을 동원해도 구하지 못하는 사람은 있기 마련이지만, 그래도 조금이라도 더 많은 이들을 구하기 위해…… 도달할 수 없는 이상에서 눈을 돌리지 않고 계속 싸워나갈 거다. ……그게 바로 우리, 특무분실이니까."

그 말에는 허세도 속임수도 없었다.

그저 진심으로 그리 믿으며 가시밭길을 걸으려는 각오만이 가득할 뿐.

'이, 이런 상황에서도 각오가 흔들리지 않다니…… 이 글렌이라는 사람은 대체……?'

"뭐? 맘대로 지껄이지 말아줄래? 웃기고 자빠졌네 진짜."

하지만 크리스토프가 감동한 글렌의 연설을 이브는 불쾌한 표정으로 일축해버렸다.

"머릿속이 그런 꽃밭인 건 당신뿐이거든? 날 당신이랑 똑같이 취급하지 마."

"……뭐?!"

"난 지금 몹시 기분이 나빠. 원래 어느 정도의 희생을 감수하고 안단테만 깔끔하게 효율적으로 처리하려고 했는데, 당신 때문에 그 희생을 완전히 줄일 작전을 세우려고 괜한 에너지 낭비를 해야 하니까. 거기다 당신의 구역질나는 이상론에 멋대로 동참시키다니, 그거 완전 민폐거든?"

"이브, 너. 인마! 모처럼 신병 앞인데 내 체면 좀 세워주면 어디 덧나?!"

"신병일수록 더 빨리 현실을 알려줘야 하는 거잖아? 내버려두면 당신처럼 이미 손쓸 방법이 없는 어리광쟁이 병사가 될지도 모르니까."

"뜨아아아아! 대체 뭐냐고, 넌! 혹시 혈관에 피 대신 강철이 흐르는 거 아냐?! 야, 너희들은 이 녀석을 어떻게 생각해? 너무 심하다고 생각하지 않냐?!"

글렌은 동의를 구하듯 동료들을 돌아보았다.

"글쎄? 난 악을 처단할 수만 있다면 아무래도 상관없어서."

저티스는 안경을 올려 쓰며 즐거운 목소리로 대답했고―.

"임무는 임무다. 우리는 제국이라는 이 거대한 기계장치를 보수하고 정상적으로 유지하기 위한 톱니바퀴일 뿐. 우리를 돌리는 태엽의 인격 따위 어찌됐든 상관없겠지."

알베르트는 담담한 목소리로―.

"난 맘에 든다만? 항상 죽느냐 사느냐 하는 스릴 만점의 위험한 전장을 제공해주니 말이지. 으하핫!"

버나드는 크게 웃음을 터트렸고—.

"시, 신경 쓰지 마~. 난 글렌 군의 꿈을 좋아하니까~. 그러니 응원할게. 파이팅!"

상황을 지켜보던 세라는 어색하게 쓴웃음을 지었다.

'대체 뭐지? 이 통일감이라곤 눈곱만큼도 느껴지지 않는 부대는…….'

크리스토프는 어이없는 눈으로 눈앞에 있는 특무분실 멤버들을 바라보았다.

군대란 통일된 하나의 의사로 움직이는 거대한 생물이라고 배워온 그에겐 그들이 너무나도 이상한 존재처럼 보였다.

사상과 신념이 전혀 다르고 사이도 몹시 나쁜, 도저히 한 팀이라고 볼 수 없는 괴짜 집단.

'하지만 이 느낌은 뭐지? 이 사람들이라면 어떻게든 해줄 거라는 이 기묘한 기대감은…….'

그러고 보니 하노이를 탈출할 때 느꼈던 가슴이 짓눌릴 것 같은 절망과 불안감은 어느새 거짓말처럼 사라져 있었다.

"자, 시간이 없어. ……먼저 정보부터 수집하자. 시작해."

이브가 짧게 명령을 내리자 특무분실 멤버들은 각자 움직이기 시작했다.

———.

"······그럼 보고할게."

약 세 시간 후.

다양한 수단으로 정보를 수집한 글렌은 이브에게 보고했다.

"투항해서 포로가 된 제3주둔 병단은 기지에 갇혀 있었어. 다행히도 사상자는 그리 많지 않은 것 같더군. 뭐, 인질로 삼으려고 그런 거겠지만. 하지만 기지는 소형 골렘이 완전히 주위를 에워싸고 있었고, 시내 전역에도 빼곡하게 배치되어 있어. 시민 전원이 인질이나 다름없어서 기지에 있는 병단은 섣불리 움직일 수 없는 상황인 거 같아."

"흐응~? 그리 큰 도시는 아니라곤 해도 나름 잘 조사했네?"

이브가 고개를 끄덕이자 이어서 저티스가 보고를 시작했다.

"시내를 점거한 골렘은 대부분 반자율형이야. 술자가 모든 동작을 조종하는 게 아니라 대략적인 명령을 내리면 골렘이 목표를 완수하기 위해 알아서 움직이는 타입이었지."

"옳거니. 하긴 저만한 양의 골렘을 한 사람이 움직일 리가 없겠지."

"훗, 예외는 저 거대 골렘 두 기뿐이야. 저것들은 안단테가 직접 조종하고 있더군. ······그건 그렇고 저런 규모의 골렘을 동시에 둘이나 움직이는 골렘 조작술······ 크크크. 확실히 대단한 실력이더군. 천재를 자부할 만 해."

"흐응, 그래. ······그래서? 가장 중요한 안단테의 위치는? 저만한 수의 골렘을 제어하려면 그게 자동이든 수동이든 멀리서는 불가능해. 안단테는 분명 시내 어딘가에 숨어있을 터……."

"여기다."

그러자 알베르트가 책상 위에 펼친 전황도의 북쪽을 가리켰다.

"시내에 흐르는 레이라인을 조사하는 과정에서 판명됐다. 놈은 여기 숨어있더군."

"과거에 이 땅을 다스린 영주의 거처, 슈트레인 성인가……. 뭐, 조금 전에 영상을 봤을 때 어느 정도 예상하긴 했지만."

"지금은 관광용으로만 쓰는 폐성이다만, 거점으로 삼기엔 아주 훌륭하지. 레이라인의 중심지에 있는 데다 성 내외 곳곳에는 요격용 소형 골렘들이 배치되어 있었다. 대부분 사격전 특화형이라 여기서 화망을 펼친다면 안으로 들어가는 건 쉽지 않겠지."

"하물며 그걸 돌파해서 안단테를 해치우는 것도 쉽진 않을 테고……."

"본인도 나름 숨겨둔 패가 있을 테니까."

"뭐, 그건 마술사의 기본이니까."

크리스토프는 작전회의 중인 특무분실 멤버들을 지켜보다 머리를 감싸 쥐었다.

'역시 이 상황을 한 번에 뒤집을 만한 방법은 없는 건가. ……이 사람들은 대체 어쩔 생각인 거지?'

그 순간—.

"그렇군. 생각보다 간단하겠네."

이브의 그 말을 들은 크리스토프는 화들짝 놀랄 수밖에 없었다.

그리고 그녀가 그 자리에서 급조한 작전의 내용은…….

"예에에에에에에에에에에에에?!"

크리스토프는 비명을 지를 수밖에 없었다.

"이, 이브 백기장님?! 실례지만, 당신. 지금 제정신입니까?!"

"겉보기랑 다르게 할 말은 다하네, 당신?"

이브는 눈초리를 사납게 뜨고 크리스토프를 노려보았다.

"확실히 난 딱 아슬아슬할 정도까지 인원을 효율적으로 부려먹자는 주의지만, 장기말을 일부러 사지에 내모는 방식의 지휘는 하지 않아."

"아, 아니…… 애당초 말이 안 되잖아요! 이건 자칫하면 전부 사망할지도 모르는 작전이잖습니까!"

크리스토프는 애원하듯 다른 멤버들을 향해 시선을 돌렸다.

"여러분은 정말 이걸로 괜찮으신 겁니까?! 이런 무모하고 황당무계한 작전……."

"……뭐, 평소보단 낫네."

"아하하, 그러게. 그래도 방심하면 안 돼, 글렌 군."

"좋다. 그 임무 반드시 완수해주지."

"참 미적지근한 작전이네. 나한테 맡기면 훨씬 더 깔끔하게 해결될 텐데."

"크하하하! 좋구만! 좋아! 이 정도로 위험한 편이 더 재밌지!"

하지만 글렌, 세라, 알베르트, 저티스, 버나드는 딱히 아무렇지도 않은 모양이었다.

'이, 이 사람들은 대체 뭐지?! 왜 이렇게 태연한 거야!'

크리스토프는 놀라서 눈을 휘둥그레 떴다.

"물론 당신도 거들어줘야겠어. 크리스토프 종기사."

"예?!"

그리고 이브가 그의 어깨를 가볍게 두드리며 말했다.

"나중에 다시 설명하겠지만, 당신이 이번 작전의 마지막 수가 될 거야."

"자, 잠깐만요! 이브 백기장님! 가령 특무분실 여러분이 이런 무모한 작전도 성공으로 이끌 수 있는 굉장한 분들이라 쳐도 신병인 제가 대체 뭘 할 수 있다는 거죠?! 저 같은 건 여러분의 발목만 잡을 게 뻔……"

그러자 이브는 한숨을 내쉬었다.

"저기 말야. 이래저래 바쁘다 보니 아직 제안서밖에 못 보냈지만…… 당신을 특무분실로 스카우트하려고 했던 게 대체 누구일 것 같아? 크리스토프 종기사."

"예? 혹시 설마……."

크리스토프가 자신을 뚫어지게 바라보자 이브는 새침하게 말했다.

"솔직히 원래 난 글렌의 헛소리 따윈 무시하고 시민들이 희생되더라도 안단테만 신속하게 처리할 예정이었어. ……우연히 당신과 합류하지만 않았다면."

"……예? 저요?"

"그만큼 기대하고 있다는 거야. 당신의 결계마술에."

"……."

크리스토프로서는 그저 당황스러울 수밖에 없었다.

"자, 그럼 다들 기합 넣고 준비해. 선언한 대로 **3분 만에 정리할 테니까.**"

"오케이!"

"응! 맡겨만 줘, 이브!"

그리고 이브의 선언을 계기로 마침내 하노이 탈환 전격 작전이 막을 올렸다.

———.

요새도시 하노이의 북쪽에 있는 제3주둔 병단 기지.

지금 그곳에는 포로가 된 마도병들이 갇혀 있었다.

골렘들이 주변 일대를 빈틈없이 에워싼 광경을 기지 안의 창문에서 내려다본 베어는 자기도 모르게 이를 악물었다.

"……젠장! 상황이 이런데 아무것도 할 수 없다니……!"

그러자 동기 중 한 명이 역시 분한 표정으로 그의 어깨에 손을 얹고 말했다.

"……어쩔 수 없잖아. 저 소형 골렘들은 도시 전역에 배치되어 있어. 우리가 섣불리 저항하면 시민은 몰살이야."

"큭……."

"거기다……."

사관후보생은 도시 한복판에 거대한 산처럼 우뚝 서 있는 두 기의 골렘을 가리켰다.

"우리의 총력을 기울여도 저 골렘들은 이길 수 없는걸. 저런 게 마음대로 날뛰기 시작하면 시내에 피해가 얼마나 늘어날지……."

"제길…… 이러면 지원군이 와도 방법이 없잖아."

어쩌면 최악의 경우, 정부는 이대로 하노이 시민들이 몰살당하도록 방치할지도 몰랐다.

그도 군인인 이상, 국가가 테러리즘에 어떤 식으로 대응하는지는 잘 알고 있었기 때문이다.

"제길, 이걸 어쩌면 좋냐고. 망할……."

자신의 무력함을 견디다 못한 베어는 부상을 입은 몸으로 힘없이 창문을 두드렸다.

'미안하다, 크리스토프. 어쩌면 난 여기까지일지도 몰라. 하다못해 너라도 무사했으면 좋겠는데……'

그리고 그런 생각을 한 순간—.

콰아아아아아아아앙!

어디선가 뭔가가 터지는 소리가 들리더니 기지가 크게 흔들렸다.

————.

요새도시 하노이의 북쪽 산간에 우뚝 선 슈트레인 성의 최상층.

"이히히히…… 이걸로 모든 준비가 갖춰졌군!"

노마술사 안단테는 광기에 물든 얼굴로 비웃음을 흘렸다.

계획은 모든 것이 완벽했다. 몇 달에 걸쳐서 이 하노이 전역에 설치한 대량의 소형 골렘. 그리고 주력인 두 거대 골렘의 반입과 동시에 시작된 전격적인 도시 제압 작전.

모든 것이 계획대로였다.

"그건 그렇고 하늘의 지혜 연구회는 참으로 멋진 조직이군! 설마 이만한 대규모 계획에 필요한 모든 물자를 지원해 줄 줄이야! 덕분에 이걸로 난 제국에 복수할 수 있겠어! 끼하하하! 끼하하하하하!"

만사가 안단테의 예상대로 흘러가고 있었다.

제국 정부가 자신의 요구에 굴복해 돈을 지불한다면 그대로 하늘의 지혜 연구회의 주선으로 레자리아 왕국에 넘어가

서 자신의 연구를 계속하면 될 뿐. 하지만 만약 요구를 거부
한다면 이 도시를 본보기로 철저하게 파괴하면 될 뿐이었다.

"뭐, 사흘. ……그래도 사흘! 돈을 지불하든 공세를 취하
든 제국이 뭔가 움직임을 보일 때까진 아직 사흘간의 여유
가 있으니 그때까진 푹 쉬어야겠군. 끼하하하하!"

현재 그가 있는 슈트레인 성의 최상층은 이 하노이를 제압
한 모든 골렘들에게 명령을 내리는 사령탑이 되어 있었다.

바닥과 벽과 천장에는 마술법진이, 그리고 방 안에는 다
양한 마도 기기와 모노리스형 마도 연산기가 빼곡하게 채워
져 있었다.

그리고 그것들의 동력원은 이 하노이의 레이라인에서 퍼
올린 막대한 마력이 중저음을 울리며 순환하고 있는 소형
마력로였다.
^{마나 플랜트}

그런 방 안쪽의 큰 의자에 앉은 안단테가 느긋하게 시내
의 상황을 비춘 투사 영상에 시선을 돌리려 한 그때였다.

퓨웅…….

"어?!"
안단테는 놀라서 눈을 부릅떴다.
별안간 방 안의 마도 기기들을 돌리던 마력이 전부 끊어
졌기 때문이다.

마나 플랜트의 마력 순환이 멈추고 외부의 영상이 사라지자 당연히 골렘 제어 기능도 정지하고 말았다.

"이, 이럴 수가! 대체 무슨 일이 일어난 거지?!"

안단테는 즉시 본인의 마력과 예비 마력 배터리를 써서 마도 기기의 기능을 일부나마 복구했다.

그리고 이 갑작스러운 현상의 원인을 조사하기 위해 모노리스형 마도 연산기에 룬 문자를 적어넣기 시작했다.

―――――.

"성공했어."

하노이 교외에 있는 어느 산간 지역에 조성된 숲속.

이 주변의 지하를 통과하는 거대한 레이라인 일부가 교차하는 급소영점에서 임시로 전개한 마도 연산 법진에 룬 문자를 빼곡하게 적어 넣은 이브는 태연한 얼굴로 그런 말을 하며 몸을 일으켰다.

크리티컬 레이스폿

"크리티컬 레이스폿에서 마도 연산 법진으로 하노이의 레이라인을 직접 크래킹했어. 천처럼 복잡하게 얽힌 레이라인을 여기저기서 아무렇게나 끌어다 연결했으니 일시적으로 펑크를 일으킨 거지. 당분간은 아무리 성능이 뛰어난 마나 플랜트가 있어도 하노이의 레이라인에서 마력을 퍼 올리는 건 불가능해."

"레, 레이라인을 크래킹……?"

크리스토프가 아연실색하자 이브는 설명을 계속했다.

"저토록 많은 골렘의 마력원(마나 소스)이 대체 어디서 났을까? 당연히 개인의 마력일 리는 없겠지? 정답은 토지의 레이라인. 거기에 마나 플랜트를 연결해서 마력을 대량으로 퍼다 쓴 거야. 하지만 그걸 일시적으로 막아버린다면?"

"시내를 점거한 골렘들의 동작이 완전히 정지해버리는 거군요?!"

"정답. 인간의 비루한 마력으로 대자연의 레이라인을 틀어막는 건 무리여도 다른 레이라인을 연결해서 막는 건 가능하거든."

자신의 대답에 만족스러워하는 이브를 그는 눈을 크게 뜨고 쳐다보았다.

말이야 쉽지, 일반적인 마도사라면 레이라인을 해석하는 데만 일주일. 그리고 다른 레이라인을 연결하는 데만 거의 일주일 이상이 필요하다.

'그런데 이 사람은 그걸 고작 몇 분 만에……?'

이것이야말로 특무분실 실장이자 집행관 넘버 1《마술사》이브 이그나이트의 실력..

크리스토프가 까무러칠 정도로 놀라는 것도 무리는 아니었다.

"하지만 너무 시간이 촉박해. 좀 더 공을 들였다면 오랫동안 막는 것도 가능했겠지만…… 흠, 이건 길어야 3분 정도일까?"

"사, 3분이요?!"

"응. 세계는 모순을 용납하지 않아. 아마 그 3분이 지나면 레이라인의 뒤틀림을 세계가 자동으로 수정해서 원래의 정상적인 흐름으로 되돌리겠지."

"그, 그럴 수가……! 고작 3분으로 대체 뭘 하겠다고……!"

너무나도 촉박한 제한시간에 크리스토프가 당황한 순간—.

"이브! 글렌 군! 준비 다 됐어!"

조금 떨어진 분지 위에서 세라가 이쪽을 불렀다.

그녀는 이브가 쓰고 있던 마술법진과는 다른 종류의 법진 위에 서 있었다.

현재 그 마술법진은 녹색의 마력을 고속 순환시키며 어떤 마술을 발동하고 있었다.

"좋아. 그럼 또 부탁 좀 할게, 세라."

글렌은 세라가 내민 오른손을 태연하게 잡았다.

"자, 크리스토프 군도."

"저, 저기…… 정말로 하실 건가요?"

크리스토프는 굳은 얼굴로 흠칫거리며 조심스럽게 세라의 왼손을 잡았다.

"후후, 걱정하지 마. 이래 보여도 난 바람 마술이 특기거든."

"뭐, 《풍술사》의 진가를 보여주는 셈이지. 평소에는 뭐 이런 둔탱이가 다 있나 싶지만, 이 분야에서만큼은 믿을 만하니 안심해라. 크리스토프."

"아앗~! 글렌 군이 또 날 바보 취급했어! 미워!"

크리스토프로서는 시도하는 것조차 터무니없는 생각이 드는 짓을 하려는 데도 세라와 글렌은 아무런 긴장감이 없었다.

"다시 말하지만, 레이라인이 막혀서 골렘이 멈춘 시간은 약 3분이야. 그 3분 안에 결판을 내야 해. 알았지?"

"그래, 알고 있어."

"지, 지금 농담하시는 거죠? 마, 말도 안 돼. 자, 자칫하면 죽을지도……. 이 작전은 아무리 생각해도 비상식적이야! 완전 엉망진창이라고!"

크리스토프가 새파랗게 질린 얼굴로 악을 쓴 그때였다.

"당신도."

이브는 차가운 목소리로 질타했다.

"군인으로서의 의무를 다하렴. 이 작전은 우리 중 하나라도 빠지면 성공할 수 없어. 물론 당신도."

"……?!"

"내가 눈여겨본 제국 궁정 마도사단 최고의 결계마술 전문가 크리스토프 프라울은 그만한 담력과 실력을 겸비한 남자야. 그러니 자신감을 가지도록 해."

크리스토프는 퍼뜩 놀랐다.

"《질(疾)》!"

그 후 세라가 주문을 외쳤고 지면을 파헤칠 정도로 강력한 돌풍이 그녀를 중심으로 회전하며 셋의 몸을 격렬하게 감싸 안았다.

"아, 아아앗?!"

크리스토프가 눈을 깜빡이며 당황하는 사이에 세라의 발밑에 그려진 마술법진이 속도를 더했고, 그 속도가 빨라질 때마다 마치 피리소리 같은 고음과 바람의 세기가 한없이 상승했다.

그리고 그 속도가 어느 영역에 도달하자—

뭉!

세라의 몸은 마치 대포에서 발사된 포탄처럼 하늘을 날았다.

온 몸을 감싼 세찬 바람에 튕겨나가듯 단숨에 튀어 오른 것이다.

"우, 우와아아아아아아아아아아아아아앗?!"

세라와 손을 잡은 크리스토프도 당연히 같이 하늘을 날고 있었다.

지상에서 올려다보는 그들의 모습은 눈 깜짝할 사이에 작아졌고 크리스토프의 비명도 하늘 저편으로 빨려 들어갔다.

그들의 목적지는 요새도시 하노이.

주위를 높이 에워싼 성벽을 여유 있게 뛰어넘은 그들은 그대로 시내에 안착할 수 있었다.

―――――.

"뭐, 뭐지 이건?! 설마 제국군의 짓인가?!"

마도 연산기로 레이라인의 상태를 확인한 안단테는 비명을 질렀다.

"제국군이 벌써 움직였다고?! 말도 안 돼! 너무 빠르잖아!"

흐름이 엉켜서 일시적으로 마력의 공급이 막힌 하노이의 레이라인.

이 순간, 하노이 전역에 대량으로 배치한 골렘들은 일시적인 기능 부전 상태에 빠져 있었다.

"하지만 이런 임시변통의 수단으로 대체 뭘 어쩌겠다는 거지?! 내 예측대로라면 마력이 정지하는 시간은 고작해야 3분! 그 3분이 지나면 골렘들은 다시 움직일 수 있을 터. 그런데 고작 3분 안에 뭘 하겠다고! 거기다……."

안단테는 재빠른 손놀림으로 마도 연산기를 조작했다.

"정말로 모든 골렘의 마나 소스를 레이라인만으로 충당한 줄 알았느냐?! 개중에는 따로 마력 배터리를 탑재한 기체도 있거늘! 그래! 예를 들면……."

고오오오오…….

그렇게 말하고 조작을 멈추니 두 기의 거대 골렘이 다시 움직이기 시작했다.

"그래! 저 거대 골렘에는 내가 개발한 마력 배터리를 탑재했다! 그래서 저 두 기는 레이라인의 마력 공급이 없어도 움직일 수 있지! 어리석은 놈들! 감히 이런 짓을 하다니, 절대로 가만 두지 않겠다!"

안단테는 이어서 빠르게 명령문을 입력했다.

"끼히히! 제국군이 설마 이렇게 빨리 대응할 줄은 예상하지 못했다만…… 어중간한 개입이 오히려 화가 됐군! 두 번 다시 이런 건방진 짓은 못 하도록 본보기로 시민들을 죽여 주마!"

두 기의 거대 골렘이 거대한 주먹으로 근처에 있는 민가를 내려찍으려한 그때—.

콰아아아아아아앙!

거대한 폭발음이 터지며 골렘들의 몸이 뒤로 넘어가기 시작했다.

"저, 저건 또 무슨……?!"

————.

"호호오~? 이런 덩치랑 싸울 수 있다니…… 거 참 흥분되는구만!"

건물 옥상에 서 있는 버나드는 하노이 동쪽에 있는 거대 골렘을 무척 즐거운 눈으로 올려다보고 있었다.

"자, 네 상대는 바로 이 몸이다! 잠시만 놀아주시게!"

버나드는 빠르게 양손을 펼쳤다.

그러자 손끝에서 수많은 강사가 주위로 뻗어나가더니 거대 골렘 주위에 있는 건물들을 이리저리 휘감으며 거미줄 같은 결계를 형성했다. 참고로 마력이 흐르는 이 강사들은 강도가 엄청나게 강화된 상태였지만 골렘은 개의치 않고 발로 차 끊으려 했다.

"웃차."

하지만 그 순간, 버나드는 강사를 조작해서 살짝 늘어트리더니 어마어마한 질량이 담긴 골렘의 발을 부드럽게 받아내며 위력을 상쇄했다.

그 무시무시할 정도로 정밀한 대응에 골렘의 움직임이 물리적으로 멈췄다.

"호와아아아아앗!"

버나드는 건물 벽을 이리저리 뛰어다니며 골렘의 몸을 강사로 완전히 휘감았다.

그러자 포박에서 벗어나기 위해 마구잡이로 휘두르는 골렘의 팔을 다시 강사로 휘감은 버나드는 골렘의 몸을 발로 차며 단숨에 위로 뛰어 올랐고—.

"우오오오오오오오오오오오오오오오오오오!"

별안간 그의 오른손에 폭염이 깃들었다.

이것이야말로 마술과 격투술을 조합한 절기(絶技), 『마투_{블랙 아츠}
술(魔鬪術)』.

"으랴아아아아아아아아앗!"

버나드는 그 주먹을 골렘의 거대한 머리에 때려 박았다.

그렇게 충격이 전달되고, 지근거리에서 발동한 폭염 마술이 체격차를 고려하는 것조차 무의미한 거대한 골렘의 몸을 뒤로 넘어뜨렸다.

한편, 하노이 서쪽에 있는 거대 골렘 앞에는 그와 필적할 정도의 존재가 갑자기 출현했다.

그것은 거대한 여신.

왼손에는 황금의 검을, 오른손에는 은의 천칭을, 그리고 등에는 뒤틀린 일곱 개의 날개가 펼쳐진 가짜 여신이 거대 골렘과 정면에서 대치한 것이다.

여신이 휘두르는 검과 골렘이 날리는 펀치가 격돌할 때마다 어마어마한 충격음이 도시 전체로 퍼져나갔다.

"훗. 구현…… 인공정령【정의의 여신 유스티아】."

그런 골렘과 여신의 결전을 근처에 있는 첨탑 위에서 내려다보는 한 남자.

양손에 낀 장갑에서 대량의 파라 에테리온 파우더를 흩날리는 그 남자의 정체는…… 다름 아닌 저티스였다.

"나 원 참, 나는 악을 처단할 수만 있다면 희생 따윈 개의치 않는 주의인데 말이지."

현재 그는 자신의 여신과 거대 골렘이 치열하게 싸우는 광경을 여유 넘치는 표정으로 감상하고 있었다.

"하지만 희생 없이 악을 처단할 수 있다면 뭐, 그건 그것대로 상관없겠지. 이번에는 특별히 네 체면을 세워주도록 할게, 글렌. ……큭큭큭."

열락에 잠긴 표정으로 다시 파라 에테리온 파우더를 흩뿌린 저티스는 자신이 조종하는 여신의 힘으로 거대 골렘의 움직임을 완전히 봉쇄했다.

"대, 대단해! 저 둘은 대체 정체가 뭐죠?!"

크리스토프는 요새도시 하노이의 하늘을 가로지르면서 경악했다.

"설마 정말로 저런 거대한 골렘을 막아낼 줄은……!"

"그치? 참 대단한 사람들이지?"

세라는 마치 자기 일처럼 자랑스러워했다.

"특무분실의 최고참이자 집행관 넘버 9인 《은둔자》 버나드 씨. 그리고 특무분실 최고의 트릭스타인 집행관 넘버 11 《정의》 저티스 군…… 저 둘은 진짜 강하거든. 아하하, 저

둘에 비하면 나 같은 건 정말 수수한 편이라 발목을 잡지 않도록 조심하는 게 고작이랄까……."

"아니, 그렇게 말하는 당신도 만만치 않은 괴물이거든요?!"

크리스토프는 다시금 자신의 상황을 확인하고 외쳤다.

"이게 도대체 어떻게 가능한 거죠?! 《슈투름》을 쓰면서 저와 글렌 씨를 동시에 운반하다니……! 진짜 말도 안 되는 제어 능력이잖아요!"

그 말대로 현재 세라는 바람 마술의 연속 발동으로 입체적인 움직임을 가능케 하는 《슈투름》을 써서 하노이 시내를 종횡무진 날아다니고 있었다.

벽을 박차서 앞으로 나아가고, 옥상을 박차서 상승하고, 첨탑을 박차서 가속.

그대로 도로 위를 활강하다가 다시 하늘 위로 날아올랐다.

참고로 현재 크리스토프의 시야에 펼쳐진 것은 세찬 강물처럼 뒤로 흐르면서 상하좌우로 마구 회전하는 지옥 같은 풍경이었다.

평소의 온화한 기질에서는 상상조차 할 수 없는, 그야말로 사나운 폭풍 같은 세라의 《슈투름》. 이미 평형감각이 완전히 마비된 크리스토프는 자신이 지금 어떤 식으로 움직이고 있는지조차 제대로 파악할 수 없었다.

"《슈투름》이라고 하면 보통은 본인의 움직임조차 감당하기 버거운 고급 기술이잖아요?! 그걸 두 사람이나 데리고 쓰다니…… 심지어 전 이렇게 빠르고 정확한 《슈투름》은 들어본 적도 없다고요!"

아마 지금 이 상태로도 그녀보다 빠른 이는 제국 전체를 통틀어도 존재하지 않으리라.

"집행관 넘버 3 《여제》 세라는 바람 마술의 천재거든."

크리스토프의 의문에 대답하듯 글렌이 투덜거렸다.

이미 익숙해진 것일까. 아니면 체념한 것일까. 크리스토프와 마찬가지로 얼굴이 새파랗게 질린 그의 표정은 공허함 그 자체였다.

"세라는 바람과 노래를 벗 삼아 사는 남원의 어느 유목민족의 공주님…… 《바람의 전무녀(戰巫女)》님이야. 이 녀석보다 바람을 잘 다루는 인간은 아마 제국군은커녕 전 세계를 통틀어도 없을걸? 그러니 뭐, 이 정도쯤이야 식은 죽 먹기지."

"앗! 그렇게 칭찬하면 부끄럽잖아, 글렌 군!"

그러자 세라는 공중에서 배럴 롤(Barrel roll)을 성공시키며 수줍게 웃었다.

하지만 시야가 한 바퀴 회전한 크리스토프는 덕분에 속이 완전히 뒤집혔다.

"우, 우와아아아아아앗?! 우웩!"

"좋아. 글렌 군의 칭찬 덕분에 왠지 기운이 났어. 더 빠르게 해볼게!"

"참아! 좀 살살 날라고! 난 이미 익숙해졌다 쳐도 이런 변태적인 기동을 난생 처음 경험하는 가엾은 신병이 있잖아!"

하지만 그 외침이 귀에 닿지 않았는지 세라는 한층 더 빠르게, 말 그대로 날아가듯 시내를 질주했다.

'이, 이 황당무계한 입체 기동…… 하하, 확실히 이건 트라우마가 생길만 해……'

크리스토프가 멍하니 그런 생각을 하는 사이에도 세라는 건물을 뛰어넘고, 탑을 통과하고, 거대 골렘들을 지나치면서 안단테가 숨어 있는 슈트레인 성을 향해 일직선으로 날아갔다.

아득히 멀게 만 느껴졌던 목적지가 단숨에 가까워지고 있었다.

이 속도라면 이제 곧 도착할 수 있으리라.

지옥 같은 《슈투름》 체험 때문에 이상할 정도로 길게 느껴졌지만, 실제로는 작전 개시로부터 1분도 채 지나지 않은 상태였다.

"……어? 설마 정말로 3분 안에 결판을 내실 생각이었던 건가요?"

"응? 작전회의 중에도 계속 그렇게 말했잖아."

글렌은 이제 와서 뭔 소리냐는 듯 크리스토프를 흘겨보았다.

"그보다 슬슬 네 차례니까 기합 넣고 준비해."

그렇게 주의를 준 그때, 눈앞으로 다가온 슈트레인 성의 이곳저곳이 번쩍이더니 엄청난 수의 열선이 세 사람을 향해 날아들었다.

————.

"뭐, 뭐냐! 대체 무슨 일이 일어난 거지?!"

주위의 마도 기기를 필사적으로 조작해서 예비 마나 소스를 기동한 안단테는 현재 골렘 제어실의 기능을 어느 정도 복구한 상태였다.

"제길…… 역시 반자율형 소형 골렘을 재기동하려면 시간이 필요해!"

그리고 허공에 투사된 영상에는 자랑스러운 거대 골렘 두 기가 두 명의 마도사에게 완전히 제압된 광경과, 이 슈트레인 성을 향해 날아오는 마도사들의 모습을 비추고 있었다.

"이, 이 건방진 것들이……! 감히 날 방해하겠다는 거냐?!"

하지만 갑작스러운 상황에 놀라긴 했어도 조바심은 일지 않았다.

그 이유는—.

"흥, 거대 골렘을 막고 있는 저들은 그저 막는 게 한계인 모양이군. 그럼 대수로울 것 없지. 레이라인이 복구되면 소형 골렘 군단을 재기동해서 단숨에 쓰러트리면 될 뿐. 그리고 이 성에 접근하는 저 셋도……."

안단테는 손에 든 마도연산기에 어떤 명령문을 입력했다.

"당장 격추시켜주마!"

————.

크리스토프는 갑자기 지면이 몇 미트라 단위로 가까워지
자 입에서 심장이 튀어나올 정도로 놀랐다.

세라가 반사적으로 바람을 조작해서 몸을 왼쪽으로 미끄
러트렸기 때문이다.

그러자 다음 순간, 무수한 열선이 그 공간을 관통했다.

계속해서 성에서 발사된 열선들이 그런 세 사람의 뒤를
쫓듯 무자비하게 날아들었다.

"……큭."

계속 빙글빙글 회전하면서 열선들을 종이 한 장 차이로
아슬아슬하게 회피한 세라는 성을 향해 똑바로 직진했지만,
이윽고 몸을 뒤로 돌리더니 오히려 성과 거리를 벌렸다.

"안 되겠어. 더는 접근할 수가 없어. 이러다 격추당할 거야."

"역시 그런가. 성 내부에 자력으로 움직이는 대공 요격용 골
렘이 배치됐을 거라는 이브의 예상이 정확히 맞아 떨어졌군."

"어, 어쩌죠? 이런 상황이면 돌파는……."

하지만 그 순간, 당황한 크리스토프의 아득히 먼 뒤쪽에
서 날아온 한 줄기 전격이 슈트레인 성의 어느 지점을 관통

했다.

"……어? 방금 그건……."

어안이 벙벙한 크리스토프의 눈앞을 마치 유성군처럼 스쳐 지나간 전격들은 슈트레인 성 곳곳에 꽂혔고, 그럴 때마다 글렌 일행을 노리는 대공 포화의 화력이 조금씩 약해졌다.

―――――.

슈트레인 성에서 대략 3천 미트라 정도 떨어진 지점.

강풍이 몰아치는 하노이의 성벽 위에는 긴 머리카락을 나 부끼는 청년이 위풍당당한 자세로 서 있었다.

알베르트다.

마치 맹금류 같은 두 눈으로 어득히 멀리 떨어진 성을 응 시하고 있는 그는 왼손을 겨눈 채 혼잣말처럼 중얼거렸다.

"……쉽군."

그러자 번개가 알베르트의 손끝에 응축되었고 이어서 그 것은 마치 유성처럼 하노이 상공을 가로질렀다.

―――――.

"마, 마술저격이라고요?! 이게?!"

"맞아. 성 안에 있는 대공 요격용 골렘을 저격으로 모조리 파괴하고 있는 거야."

크리스토프가 경악했지만 글렌은 딱히 대수로울 것 없다는 반응이었다.

"혼자서 말인가요?! 저렇게 먼 곳에서?! 보조하는 저격 관측수도 없는데 대체 무슨 수로……!"

"뭐, 이 거리라면 사실 저 녀석도 관측수 없인 좀 힘들겠지. 하지만 지금은 적이 번쩍거리면서 공격하고 있잖아? 즉, 위치가 훤히 보이니 셈이니 저 녀석이라면 아마 눈 감고도 명중시킬 수 있을걸?"

"……예, 예에? 대체 무슨 말씀이신지 영……."

사실 3천 미트라급 저격 자체가 이미 신기(神技)의 영역이다. 유능한 관측수가 붙은 상태로 이 거리에서 정지된 표적을 열 발 중 단 한 발이라도 명중시킨다면 초일류 저격수라는 평을 들을 수 있을 터.

하지만 그것을 알베르트는 관측수가 없는 상태임에도 전부 초고속 연사로 명중시키고 있는 것이다.

'이게 바로 집행관 넘버 17《별》알베르트 씨의 실력……!'

그 또한 크리스토프의 상상을 한참 뛰어넘은 괴물이었다.

"죄다 괴물들뿐이라 참 어이가 없지?"

글렌은 장난스럽게 말했다.

"덕분에 특무분실의 유일한 잔챙이인 난 늘 주위의 눈총을 받게 되더라고."

"……."

그러는 사이에 성의 대공포화가 완전히 멈췄다.

어느새 알베르트가 성 안에 배치된 대공 요격용 골렘을 모조리 파괴한 것이다.

"끝났군. 가자, 세라!"

"응!"

그러자 온 몸에 세찬 바람을 두르고 가속한 세라는 그대로 바람의 파성추로 성벽을 뚫고 내부로 진입했다.

─────.

"저, 적이 침입했다고?! 말도 안 돼!"

최상층에 있는 안단테는 도저히 믿을 수 없는 사태에 경악했다.

"시, 시간은……! 골렘 재기동까지 남은 시간은……!"

마도 연산기의 표시 화면에 뜬 예상 재기동 시간은…… 앞으로 1분 30초.

"아, 아직도 이렇게 많이 남았다고?"

적들이 침입한 장소는 이 사령실에서 꽤 가까운 곳이다.

적들은 아마 30초도 채 지나지 않아 여기로 도착할 터.

'지, 진정하자. 이, 이성을 잃으면 안 돼. 냉정해지는 거다!'

잇따라 벌어진 예상외의 사태에 잠시 당황했지만 곧 강인

한 정신력으로 평정심을 되찾았다.

'문제될 건 없다. 문제될 건 아무것도 없어.'

그렇다. 냉정하게 생각하면 전혀 문제될 게 없었다.

앞으로 1분 30초만 있으면 레이라인이 정상화되고 이 하노이에 배치한 골렘들이 재기동할 터. 이미 그런 명령어를 입력해둔 상태다. 그렇게 되면 형세는 충분히 역전할 수 있다. 자신의 승리가 확정적이 되는 것이다.

놈들이 아무리 굉장한 실력자들이라도 이 물량 차만은 뒤집을 방법이 없었다.

'즉, 골렘들이 재기동할 때까지 버티면 될 뿐.'

그리고 사실 안단테는 이래 보여도 나름 마술전투에 일가견이 있었다.

젊었을 때는 초일류 승부사로 위명을 떨쳤다.

시퍼런 애송이들이 두세 명쯤 몰려온다 해도 충분히 쓰러트릴 수 있을 터.

만약 쓰러트리지 못한다 해도 남은 시간까지 버티는 건 그리 어려운 일이 아니리라.

"크크크…… 뭐, 어쩔 수 없지. 살다보면 이럴 때도 있는 법. 자, 오랜만에 내 마술전투 실력을 한 번 발휘해보실까? 애송이들에게 뼈아픈 교훈을 남겨주지!"

그렇게 말한 안단테가 자리에서 일어나 귀를 기울이자 정문 너머에서 이쪽으로 누군가가 달려오는 발소리가 들렸다.

"흥. 저 문이 열릴 때가 네놈들의 제삿날이다. 끼히, 끼히 히히히히!"

이미 그의 심층 의식에는 믿을 수 없을 만큼 강력한 주문이 대량으로 저장되어 있었다.

이제 남은 건 그것들을 써서 어리석은 침입자들을 무자비하게 해치우는 것뿐.

"자, 와라. 와! ……오너라!"

안단테가 문을 느긋하게 쳐다보는 사이에 문 너머의 발소리는 점점 더 가까워졌고…….

터엉!

문을 걷어찬 누군가가 이쪽을 향해 망설임 없이 달려든 순간—

"이걸로 끝이다!"

안단테는 저장해둔 주문을 발동했다.

————.

"우오오오오오오오오오오오오오오오오!"

글렌은 눈앞의 문을 걷어차자마자 안단테로 추정되는 마술사를 향해 주먹을 쳐들고 일직선으로 달려들었다.

하지만 피아의 거리는 너무나도 멀었다.

이 거리라면 적의 마술 공격이 압도적으로 빠를 터.

그러므로 글렌의 행동은 자살행위나 다름없었다.

"아, 아닛?!"

하지만 눈앞의 마술사, 안단테는 경악한 표정으로 몸을 굳혔다.

"부, 불발?! 어째서……!"

당황하면서도 다음 주문을 발동하려 했지만—.

"하아아아아아아아아아아아아아아아아앗!"

그 틈을 노리고 안단테의 품속으로 파고든 글렌은 힘차게 펀치를 날렸다.

그렇게 안단테의 안면에 주먹이 틀어박히고 팔이 최대치로 뻗었다.

"으갸아아아아아아아아아아아아아악?!"

체중이 완전히 실린 펀치의 충격을 버티지 못한 노마술사는 옆으로 회전하면서 가까운 벽에 충돌했다.

그리고 침묵.

아무래도 글렌의 일격은 그의 의식을 송두리째 앗아가기에 충분했던 모양이다.

"……좋아. 성공했군."

"수고했어, 글렌."

그런 글렌의 옆에 세라가 천천히 착지했다.

"후훗, 이 사람은 초일류 마술사니까…… 만약 글렌 군이 없었다면 제압하는 데 시간이 한참 걸렸을 거야. ……어쩌면 사망자가 나왔을지도?"

"글쎄다? 그보다 세라, 이 녀석을 좀 묶어줄래?"

"응~."

세라는 안단테를 묶기 시작했고 글렌은 주위에 있는 마도 기기를 조사하기 시작했다.

"……바, 방금 그건 대체 뭐였던 거죠?"

그러자 크리스토프가 의문이 가득한 얼굴로 말을 걸어왔다.

"아, 안단테는 어째서 주문을 쓰지 않고 가만히 서 있었던 거죠? 글렌 씨에게 주문을 날릴 시간은 충분히 있었는데…… 어떻게든 대처할 수 있었는데…… 대체 왜?"

"아~ 그거?"

글렌은 어느새 왼손의 손가락 사이에 낀 한 장의 아르카나를 보여주었다.

"그건 아르카나……? 광대?"

"오리지널 【광대의 세계】. 난 내 몸을 중심으로 일정 영역의 마술 발동을 완전히 봉쇄할 수 있거든."

"……와, 완전 봉쇄……?"

또 듣도 보도 못한 마술이 언급되었다. 그것도 마술사의 근간과 상식을 완전히 뒤집는 무시무시한 마술이…….

물론 총명한 인물이라면 저 마술의 약점도 즉시 미루어

짐작할 수 있을 터.

하지만 그것을 감안해도…… 괴물. 효과가 적용됐을 때의 압도적인 전술적 우위를 생각하면 그야말로 소름이 끼칠 정도다. 온갖 불리한 상황을 일거에 뒤집는 것도 충분히 가능하리라.

크리스토프도 마술이야말로 절대적인 법칙이자, 목숨 줄로 여기는 마술사이기에 저 오리지널의 무서움을 골수에 사무칠 정도로 이해할 수 있었다.

'집행관 넘버 0《광대》글렌 씨…… 특무분실의 유일한 잔챙이라고? 말도 안 돼! 이 사람이 가장 괴물이야! 절대로 적으로 돌려선 안 되는……!'

"크리스토프! 야, 뭘 멍하니 있는 거야! 네 차례라고!"

"아."

조금 전부터 충격의 연속으로 넋을 놓고 있었던 크리스토프는 글렌이 부르는 목소리에 겨우 정신을 차렸다.

"역시 이브가 분석한 대로 이 방에 있는 마도 기기가 하노이를 점거한 골렘들의 제어 장치였어! 여기서 레이라인에 접속해서 골렘들을 조종하고 있었던 거야! 하지만 이미 재기동하는 동시에 하노이 전역에 총공격을 감행하는 명령어가 입력되어 있더군."

"……!"

"주범은 겨우 제압했지만, 이대로면 시민들에게 큰 피해가

발생할지도 몰라! 하지만 너무 걱정할 건 없어! 이것도 이브가 분석한 대로, 이 골렘 제어식의 근간은…… 레이라인에 펼친 **결계마술**이니까! 그래, 네 전문 분야지!"

그 순간, 크리스토프는 심장이 크게 뛰는 것을 느꼈다.

그리고 머릿속에서는 오늘 만난 인물들의 얼굴이 빠르게 지나갔다.

일견 황당무계한 것 같으면서도 이치에 맞는 작전을 세운 이브.

몸서리가 처질 정도로 강력한 거대 골렘을 단독으로 막은 버나드와 저티스.

엄청난 바람 제어 능력으로 자신을 여기까지 데려다준 세라.

신기에 가까운 마술저격으로 길을 열어준 알베르트.

그리고—.

"안심해. 내【광대의 세계】는 이미 발동 중인 마술을 방해하진 못하니까. 넌 이미 이런 종류의 술식에 개입하는 접속마술을 발동한 상태잖아? 어때? 가능하겠어?"

초일류 마술사 안단테를 어려움 없이 제압해버린 글렌.

지금 자신은 그런 굉장한 실력자들 덕분에 기적처럼 이 자리에 서 있을 수 있는 거라는 기묘한 전능감과 고양감이 크리스토프를 지배하고 있었다.

이 작전을 개시하기 전에 느꼈던 불길한 예감과 불안과 절망감은 이미 어디론가 사라졌다.

남은 것은 모두의 기대에 부응하고 싶다는 뜨거운 사명감뿐.

"······예!"

그래서 크리스토프는 힘차게 대답할 수 있었다.

그리고 골렘의 재기동을 막기 위해 현재 진행형으로 가동 중인 마도 연산기와 장치를 분석해서 빠르게 조작하기 시작했다.

골렘 재기동까지 남은 시간은 약 1분.

그 시간 안에 안단테가 독자적으로 개발한 마술식을 파악하고 지배하는 건 상식적으로 불가능한 일이었다.

하지만 지금 크리스토프는 확신하고 있었다.

자신의—.

아니, **자신들**의 승리를.

—————.

———.

············.

"크크크······ 하긴 그런 일도 있었지? 듣고 보니 그립구만."

밀라노에 있는 어느 변두리 성당의 지하묘지.

크리스토프의 긴 이야기가 끝나자, 버나드는 감회에 젖은 얼굴로 피식 웃었다.

"예, 정말로요."

크리스토프는 어딘지 모르게 차분한 분위기였다.

"돌이켜보면 그 사건이 계기였죠. ……제가 이 특무분실에 들어오게 된. 여러분과 함께라면…… 저도 뭔가 할 수 있을 것 같은 기분이 들었고. 아무리 절망적인 상황에서도 마음이 약해지지 않을 것 같았으니까요."

"그래서 굳이 로열가드의 권유를 차버리고 왔다? 거 사람이 미련스럽기는. 크크크…… 지옥 1번지에 어서 오시게나."

버나드는 놀리듯 웃었다.

"……."

조금 떨어진 곳에서 벽에 등을 기댄 채 팔짱을 끼고 명상 중인 알베르트의 입가도 완만한 호선을 그리고 있었다.

"물론 특무분실에 들어와서 좋은 일만 있었던 건 아닙니다. 괴로운 일도 참 많았죠. 때로는 제 무력함에 좌절할 때도 있었고, 때로는 구하지 못한 누군가 때문에 후회할 때도 있었습니다. 하필 이런 부서에 들어온 걸 후회한 적도 한두 번이 아니었죠."

"……."

"그리고…… 저희는 그 시절에 비하면 참 많이 변해버렸네요. ……정말 여러모로."

"그래. 뭐, 그렇긴 하지……."

셋은 동시에 입을 다물었다.

크리스토프가 기억하는 당시의 특무분실과 현재의 특무분실은 너무나도 달랐다.

한 명은 순직했고, 한 명은 전역했고, 한 명은 좌천됐고, 한 명은 큰 죄를 저지른 채 도피 중.

그가 어린애처럼 동경했던 그 시절의 모습은 어디에도 찾아볼 수 없었다. 이젠 두 번 다시 그 시절로는 돌아갈 수 없으리라.

하지만―.

그럼에도―.

"그날 제가 품었던 동경은 결코 거짓이 아니었고, 특무분실에 있으면 보잘 것 없는 저도 뭔가 해낼 수 있을 것 같다는 기분이 드는 건…… 지금도 변치 않네요."

버나드와 알베르트는 쓴웃음을 지었다.

"이번 밀라노 사변…… 이그나이트 경의 쿠데타…… 상황은 여느 때처럼 절망적이지만, 그래도 최선을 다해보죠. 버나드 씨, 알베르트 씨. 글렌 선배와 이브 씨도 이 밀라노에 있잖아요? 분명 저희라면 뭔가 이루어낼 수 있을 겁니다. 멀리 떨어져 있어도 저희는 동료…… 마음은 하나라고 생각하니까요. 그러니……."

"음, 그렇지."

"……물론이다."

크리스토프의 결의에 버나드와 알베르트는 짧게 대답했다.

"자, 그렇다면 우린 몸 상태를 조금이라도 정상에 가깝게 만들어놔야 하겠구만?"

"그래. 글렌과 이브…… 분명 그 녀석들이라면 뭔가 행동을 보일 거라고 믿고 우리도 거기에 맞춰서 움직일 수 있도록 온 신경을 가다듬는 거지. ……지금은 거기에만 전념해 보자."

"예, 저희는 저희가 할 수 있는 일을 해보죠."

그렇게 결론을 맺은 특무분실의 셋은 다시 한 번 전의를 북돋웠다.

사흘 후.

후세에 《불꽃의 세 시간》이라 불리게 되는 알자노 제국 내란의 최종전.

당시에 여왕군과의 기적적인 연계로 반란군을 혼란에 빠트려 아군을 승리로 이끈 세 공로자의 존재가 기록에 남았지만…… 그건 또 다른 기회에 다뤄보도록 하자.

■작가 후기

안녕하세요, 히츠지 타로입니다.

이번에는 단편집 『변변찮은 마술강사와 추상일지』 7권이 발매되었습니다.

마침내 7권. 단편집만으로도 어마어마한 권수가 채워졌네요.

이것도 전부 편집자님 및 출판 관계자 여러분, 그리고 본편 『금기교전』을 지지해주신 독자 여러분 덕분입니다! 정말 감사합니다!

본편의 시리어스함이 가속되는 가운데, 단편은 변함없는 한 줄기 오아시스. 본편과 단편의 온도차가 너무 심하다 보니 왠지 감기에 걸릴 것 같아!

그럼 이번 단편들의 해설을 시작해보죠!

○최강 히로인 결정전

루미아가 주연인 이야기. 이건…… 이야~ 엄청나게 고생한 기억이 남네요. 제 작풍은 역시 소년만화 노선에 가깝다 보니 이런 소녀의 내면묘사나 소녀다운 전개를 쓰는 게 참고역입니다.

그야말로 피를 토해가면서 몇 번이나 다시 고쳐 쓰고…… 정말 이대로 괜찮은 건지, 이게 정말로 재밌는 건지 계속 자문자답하면서…… 결국 작품의 완성도에 대한 자신감이 완전히 밑바닥까지 떨어져버린 당시에는…… 하하하, 이젠 지쳤어. 파○라슈.

하지만 나중에 알고 보니 이 단편이 드래곤 매거진의 독자 인기투표에서 금기교전 단편 사상 최고의 성적을 거뒀다지 뭡니까? 진짜 이 업계는 뭐가 뭔지 모르겠다니까요~☆

○바이바이 사랑하는 딸기 타르트

리엘이 주연인 이야기. 저번에 고생한 반동으로 왁자지껄한 내용.

이젠 소재가 곤란할 때면 적당히 리엘을 내보내면 된다는 버릇이 든 작가는 이번에도 큰 신세를 지고 말았습니다.(웃음)

하지만 본편에서 잠깐 나온 딸기 타르트를 좋아한다는 설정…… 이건 원래 리엘이라는 세상물정 모르는 소녀의 개성을 부각시키기 위해 적당히 집어넣은 설정이었을 텐데…… 어느새 이 소재의 단편만으로도 책이 한 권 나올 정도로 써버릴 줄은…… 딸기 타르트란 대체…… 으어어…….

○비밀스런 밤의 신데렐라

이브가 주연인 이야기.

당시 전 담당 편집자님께 「슬슬 드래곤 매거진 단편의 학창생활에도 이브를 등장시킵시다」라는 말을 듣고 이런 생각을 했었습니다.

아니야! 단편에서 묘사하는 학창생활은 특무분실과 전혀 관계없는 내용을 쓸 거라고 했잖아! 이브가 아무리 본편에서 이상할 정도로 인기가 많다지만! 그렇게 갑자기 신념을 굽혀가며 독자의 안색을 살피는 짓 따위, 얼마든지 해주고 말고오오오오오오오오오오오오!

인생이란 때론 굽혀야 할 때도 있는 법이죠!

○미래의 나에게

시스티나, 루미아, 리엘이 타임머신을 타고 미래의 본인들과 자식들을 만나는 이야기. 이 소녀들이 어른이 되면 과연 어떤 모습으로 자랐을까? 라는 망상에서 시작된 단편입니다.

결말에 관해선 편집자님과 여러모로 갑론을박이 있었지만, 깊이 고민한 결과 이런 형태로 마무리를 짓게 되었습니다. 사실 미래라는 건 몰라야 상상력을 자극하는 법이니까요.

하지만 가장 큰 원인은 미래 세계에서 정말로 혼기를 놓치고 외로운 노처녀 아줌마가 된 이브를 묘사해버렸던 게 아닐까 싶습니다. 너무 비참한 모습이다 보니 결국 최종 교정 단계에서 출현 분량 자체를 전부 삭제해버렸지만요!

캐릭터를 사랑한 나머지 가끔 폭주하는 건 제 나쁜 버릇인 것 같습니다!

○특무분실의 변변찮은 인간들

이번 특별 단편. 지금까지는 아무래도 무거운 내용이 많았다 보니 가끔은 이런 것도 괜찮지 않을까 해서 한 번 특무분실의 과거를 다뤄봤습니다.

이제 와선(본편 17권) 이런저런 일을 겪고 많이 변해버린 모습의 특무분실과 글렌입니다만, 그래도 본편 10권 168페이지에서 글렌이 언급했던 것처럼 이 단편에서 묘사한 것 같은 일들도 분명 있었겠죠. 이번에는 그런 그들이 보냈던 청춘의 한 페이지를 써봤습니다.

그건 그렇고 이 단편을 쓰면서 느낀 거지만 이 녀석들 하나 같이 개성이 너무 강해! 옆에서 볼 때는 재밌을지도 모르는데 절대로 친해지고 싶진 않아!(웃음)

독자 여러분도 아무쪼록 이『옆에서 보는 포지션』을 즐겨주시면 감사하겠습니다!

이번에는 여기까지입니다.

부디 앞으로도 이『금기교전』시리즈를 잘 부탁드립니다!

근황 및 생존 신고 등은 트위터에서 하고 있으니 그쪽으로 응원 메시지 등을 보내주시면 저도 기뻐서 더 힘이 날 것 같습니다. 유저명은『@Taro_hituji』입니다.

　그럼 이만!

히츠지 타로

■역자 후기

 이브에 대한 작가님의 삐뚤어진 애정에 또 한 번 경악했던 단편집 7권, 재미있게 읽어주셨을까요?

 사실 화류계에 종사하게 한 것만 봐도 놀랐는데, 이번 후기를 보곤 그만 북○의 권의 그 명대사를 떠올리고 말았습니다. 본편의 이브는 직무상 앞으로도 계속 눈코 뜰 새 없이 바빠질 예정이다 보니 혼기를 놓쳤다는 말이 슬슬 농담처럼 안 들린다고 해야 할지…… 물론 진실은 작가님만 알고 계시겠지만요!

 이번 권에서 제가 가장 주목했던 단편은 히로인들의 미래를 다룬 내용이었습니다. 사실 결말도 그렇고 자식들의 설정이 대놓고 본인들의 반전된 성격이다 보니 진지하게 믿을 필요는 없을 것 같습니다만, 본편의 중요한 복선을 단편에도 은근슬쩍 끼워 넣는 작가님의 스타일을 아는 사람이 보기엔 왠지 상당히 의미심장한 설정들이 언급됐기 때문이죠. 그중에서도 특히 주목한 건 『시공간 전이』와 『중혼』에 관한 설정이었습니다만, 여러분은 어떠셨을까요?

그럼 다음 본편 18권에서도 뵐 수 있기를 바라며 이만 짧은 후기를 마치겠습니다.

초출(初出)

최강 히로인 결정전
The Strongest Heroine Playoffs

드래곤 매거진 2019년 1월호

바이바이 사랑하는 딸기 타르트
Farewell, My Beloved Strawberry Tart

드래곤 매거진 2019년 3월호

비밀스런 밤의 신데렐라
Cinderella of the Secret Night

드래곤 매거진 2019년 5월호

미래의 나에게
To the Future Me

드래곤 매거진 2019년 9월호

특무분실의 변변찮은 인간들
Bastards of the Special Missions Annex

특별 단편

Memory records of bastard
magic instructor

변변찮은 마술강사와 추상일지 7

초판 1쇄 발행 2021년 6월 10일

지은이_ Taro Hitsuji
일러스트_ Kurone Mishima
옮긴이_ 최승원

발행인_ 신현호
편집부장_ 윤영천
편집진행_ 김기준 · 김승신 · 원현선 · 권세라
편집디자인_ 양우연
관리 · 영업_ 김민원 · 조인희

펴낸곳_ (주)디앤씨미디어
등록_ 2002년 4월 25일 제20-260호
주소_ 서울시 구로구 디지털로 26길 111 JnK디지털타워 503호
전화_ 02-333-2513(대표)
팩시밀리_ 02-333-2514
이메일_ lnovelpiya@naver.com
ㄴ노벨 공식 카페_ http://cafe.naver.com/lnovel11

ROKUDENASHI MAJUTSUKOSHI TO MEMORY RECORDS Vol.7
ⓒTaro Hitsuji, Kurone Mishima 2020
First published in Japan in 2020 by KADOKAWA CORPORATION, Tokyo.
Korean translation rights arranged with KADOKAWA CORPORATION, Tokyo.

ISBN 979-11-278-6025-7 04830
ISBN 979-11-278-4161-4 (세트)

값 7,800원